遠藤周作初期エッセイ

人生を抱きしめる

遠藤周作

河出書房新社

人生を抱きしめる　遠藤周作初期エッセイ　†　目次

I

Ⅱ

Ⅲ

Ⅳ

V

資料協力＝長崎市遠藤周作文学館
町田市民文学館ことばらんど

人生を抱きしめる

遠藤周作初期エッセイ

I

散策

夏は軽井沢で過ごすが、ここはすでにジャリと女の子の町と化した。メーンストリートは東京の一流店と称する店が軒をつらね、はなやいだ女の子や派手な格好の男の子が町にあふれている。中年の男はすみに押しやられて、ゴルフでもやらないことには過ごしようもない。ところが、私はゴルフをやれないから、仕事以外にすることもなく、もっぱら昼寝をしている。だが時々は散歩をする。しかし、歩くのも命がけだ。モーターバイクや自動車がすごい音を立てて、林の中の小道を突っ走る。以前は野鳥がしきりとさえずり、虫も鳴いた。このごろすっかり少なくなったのは騒音と家がふえたせいだろう。だからできるだけ車の通らない、日のかげった所を日陰者のようにショボショボ歩くことにしている。静かな道だと、あたりの木や野草をながめたりする余裕も生まれる。かつて堀辰雄さんに植物の名前をたくさん教えてもらったが、おもしろい木があったりすると、立ち止まって、何の木だろうと思ったりする。

時々は軽井沢を脱出して、あまり人に知られていない史跡や古戦場を尋ねる。はっきり地名をあげると、とっておきの場所を公開することになるから、小諸、上田を中心とした一帯といっておこう。このあたりは、戦国時代、群雄割拠した土地だけに、古戦場や城址が多い。もっとも、城といっても、丘の上に建った山城だから、規模は小さい。かつて一城の興亡をかけ、甲冑《かっちゅう》に身を固めた武将たちが、血や汗を流した場所も、草がぼうぼうとはえ、荒れ放題だ。ひっそりとした山城や古戦場に立つと、次から次へとイメージがわいて、今にも草むらの中から、武士がおどり出てくるような気がしてならない。私はその土地へ行ったら、まず市役所や村役場を尋ねて、資料をもらう。近く上田方面へ出かけて、真田幸村と徳川勢の古戦場を見に行くつもりだ。このごろは歴史ブームのためか、行く先々で好事家に出会うが、活動写真の弁士さながらの迷解説を聞かされることがある。

軽井沢

夏が一番、苦手だ。むかしは決してそうではなかったのだが、五年前、手術をやってから湿気のこもった暑さがこたえる。息が苦しくなるのである。それと夏には妙に曇った日に左肩に鈍痛をおぼえるので、毎年この軽井沢に家を借りて住む。

軽井沢に来てもゴルフがやれるわけではなし、それに日中、紫外線のなかを歩くと疲れるので、昼日なかはたいてい家のなかにじっとしていて、夕暮になると町までそっと散歩にいく。全くコウモリみたいだ。

町まで散歩に行く時もできるだけ表通りを歩かない。表通りをうっかり歩くと先輩や出版社の人にばたりと会い、

「おや、君も来てるのか」

そう言われるのが辛さに、裏道ばかりかくれるようにして歩く。ひかげ者みたいだ。

裏道を夕暮歩くと、必ずブヨという蚊よりも小さな虫がおそいかかる。そしてそれに嚙

まれると、足が象のそれのようにふくれあがる。

注意していても一夏に一度はこのブヨにやられる。ふくれあがった足にチンク油かなんかを塗りながら、私は先輩や出版社の人を恨む。もしこれらの人たちが軽井沢にいなければ、私は正々堂々、表通りを通れるのであるがこの人たちが沢山、この猫の額のような町に住んでいるため、私は裏道をこっそり歩きブヨに嚙まれる。だから私がブヨで苦しむのは、先輩たちがこの町に来ているせいである。

それならばお前みたいな奴はほかの場所に行けと言うことになるが、私はこの小さな町に妙な好奇心があるので毎年来る。

その一つは戦争中の軽井沢の話をあっち、こっちの人に聞けることだ。戦争中の軽井沢は周知のように外人たちがいわば疎開していた所だが、そのために特高や憲兵たちもウロウロしていたという。一説によると外人のある者たちが入れられた土牢もあったという。

私は戦争中、軽井沢から少し離れた古宿という部落に半月ほど暮したことがあった。百姓家の一室をかり、そこで馬耕を手伝った経験がある。

東京から空襲で家を焼かれた人たちがここまで歩いてきたことがあった。その一人があっちこっちで食べものを求めたが、ここも食糧に困っている町だから、さすがに与えるものもなかったらしい。

ある夜、私が追分まで行き、その帰り古宿に戻ると、氷室《ひむろ》といって氷を保存する小屋の前で提灯をもった警官と消防の人が立っていて、

「何かあったんですか」

とたずねると、

「東京から逃げてきた人がね、このなかで死んどるんだ」

そう聞かされ、暗い気持になったのを憶えている。

その頃の雰囲気を多少は知っているつもりだったが、あれこれ調べてみると、それどころではない。もっと辛い、もっと気の毒な話や、一寸《ちょっと》、ここでは書けぬ陰惨な物語が幾つかあったようだ。

だから私が転々と毎年、変えて借りる古い貸別荘など、なんだか当時の気味わるい出来事がそのまま残っているようで、住んでいても夜ふけなど、ぞっとすることがある。

私は昨年の九月上旬、書きかけの長篇ととりくんでやろうと思い、一人でそんな家にとじこもったことがあった。ところが毎日毎日雨で、夏の間はあれほど華やかだっただけに、余計に町全体がわびしく気が滅入って仕方がない。特に厭なのは夜で、霖雨がふる音以外は、全くあたりは静まりかえり、灯一つ回りにはみえぬ。私は有島武郎が自殺した時の遺書にこの軽井沢の長雨のことが書いてあったのを思いだし、何とも言えぬ薄気味わるさに、

原稿用紙に向っても一字も書けなかった。
その上、暗い電気に照らされた壁に、クモに似たコオロギのような虫がいて、それが自分の仲間を食べているのである。三日間頑張ったがとてもこんな所では仕事はできぬと思い、早々に東京に引きあげたのだった。

私は今年、ここに来て、ある出版社の世界文学全集のため、モウリヤックの「テレーズ・デスケルウ」を訳しはじめた。

このテレーズ・デスケルウは周知のように一人の人妻が夫に毒をもる話だが、彼女の住んでいたアルジュルーズとよぶ場所の雰囲気が、この長雨の秋の軽井沢に似ている。

「アルジュルーズの夜の静寂。この見棄てられた土地の静寂を知らぬ者には、本当の静寂はわからぬ。静寂はまるで厚い森のなかに凝固してしまったように、ひしと家をとりまくのだ。時折梟が鳴くほか、何一つ生きているものはない。（梟の声はまるで自分のこらえている、すすり泣きのように聞える）……」

そんな箇所を夜、訳しながら、ふと顔をあげると、本当にこの場面とそっくりの夜の静かさが回りにあって、しばらく筆をおきながら、じっと闇を注目していることも時々ある。

言うまでもなく、堀辰雄氏はこの軽井沢をよく舞台にされたが、私は堀氏の書かれた軽井沢ではない別の暗い軽井沢のほうが近頃、眼につくようで仕方がない。

テレーズ・デスケルウの舞台になったアルジュルーズは実はモウリヤックの祖母が住んでいたジュアノという小作地で、私はそこに徒歩旅行をしたことがあったが、もちろん軽井沢とはちがい、松の森と荒れ果てた曠野《あらの》のなかにあった（もっとも、アルジュルーズと言う小作地がこのジュアノから、かなり離れた場所にある）。そこは蜿蜒と広がるこの松の森のなかに時々、古びた小屋がみうけられた。山鳩を射つ時に土地の人が夜あかしをする小屋なのである。森がつきるとひからびた沼やヒースの花が咲く曠野がひろがる。

モウリヤックはこの荒涼とした曠野や松の森に自分の心象風景をみつけ、森のざわめきを人間の呻き声にたとえ、ひび割れた幹から男女の愛慾の痕を連想する。そんな自然のイメージを軽井沢にそのままみつけることはできないけれども、戦争中の陰惨な思い出をもっているこの町には、「テレーズ・デスケルウ」以上に暗い人間の話が探せば幾つかころがっているようである。

もちろん、避暑地としての今の軽井沢の表面にはそんな影はない。女たちが流行の洋服で歩き、外人の子供たちが自転車で走りまわっている昼日なか、私は今、あなたたちが知らずに通りすぎた場所にはこんな暗い事件があったのですよと言いだしたい衝動にふとかられることがある。

原型

たとえば――「追分」という地名は各地に数多いのだろうが、ぼくにはこの名から信濃追分しか連想できない。晩秋のある日、汽車でこの駅におりたことがある。信濃の山々が青い空の下に光り、ススキの穂のむこうに黒ずんだわびしい家々がうずくまっている。むかしは中仙道と北国街道との出あう、重要な宿場として本陣や脇本陣を中心に、あまたの旅籠屋が軒を並べたといわれる繁栄ぶりを今は偲ぶすべもない。軒も傾いたつがるやなどという枡形の宿の跡や、苔むした一里塚などを眺めながら、ぼくはその時、堀辰雄氏の愛したこの村がやはり「追分」でなければならぬと考えたのだった。なぜなら追分という地名は数多くても、様々の旅人、様々の人生が通りすぎ、二つの路に別れあい、そして再び出会うことのないにせよ、一夜だけを枕をならべて過したような場所は、どうしても「追分」でなければならぬからだ。たしかにこの村は、ここを通りすぎた旅人にとって「追分」以外の何ものでもあってはならなかったに違いない。彼等《かれら》は旅の愁いや、あさが来て別々の路に別れていく寂莫感を通して、何か人生のあるものを感じ、その感じが「追分」という名をいつか創り上げていったのではないか――想像を逞しゅうするなら、そう言っても何か間違いではないような気がぼくにはしたのである。

勿論、こんなことを書けば、国文学に詳しい先輩から笑われるにきまっている。けれども、ぼくは、もしできるならば、小説の題名のえらび方を、この旅人と「追分」の結びつきのようなものでありたいと考えているわけだ。むかし、まだ芸術が原型であった頃、作者は題名をつけただろうかという疑問がぼくに時々、起るのである。ある伝説なら伝説が、人々によって語り継がれ、それが都から地方に表面の形を変えて散らばり、そうした読者の集団によって、ある日、ある名を与えられたのではないかという疑問だ。勿論、こんなことを書けば、また国文学に詳しい先輩から笑われるにちがいない。

だが題名とはもし許されるものなら、そういうものであってほしいのがぼくの理想だ。しかし、こんな理想は実際の場合は許されない。

だからぼくは逆に自分の今後の作品の題だけはできるだけ、無数の人々が味わった言葉から、たとえば、聖書の言葉の中からとりたいと思っている。聖書に出てくる葡萄という言葉はそれを読んだ無数の人々にある原型をもった様々な印象をよび起したであろう。だがその原型はたしかに不動なものだ。ただ時代や世代の移り変りとともにその原型の上に我々は自分だけの何かを加えていくのである。

そのような多くの集団によって受け継がれた言葉を自分の小説の題に入れる方法をぼくは今後とってみたいと思っている。

小説のできるまで

ぼくは今、長野県の蓼科《たてしな》に来ている。蓼科には先輩の作家の梅崎春生氏も避暑にこられているがこの梅崎氏とぼくはこの村にくるたびに近所の市や町から一夏一回は何かしゃべれという命令をうける。

作家というものは物を書く人間であって教師や学者のように講壇から人に大説をのべる柄ではない。小説家とは文字通り小説しか書けぬ人間だ。大説を述べられるほどの人間ではないのである。だからぼくの場合、町の公会堂や小学校の講堂で熱心な聴衆の方たちの前にだされると脂汗が額ににじみ、自分がまるで品行方正、人格識見ともに優れたような眼でみられるのに苦しさを感じて仕方がない。我と我が身を知ってるだけにあたかも何もかも心得てるかの如く講壇にたつズウズウしさ、偽善さが恥しくてならぬのである。

さてこうした講演会？のあと、きまってうける質問が二つある。一つは「読書はどうしたらよいか」という質問だ。第二は「小説とはどのようにしてできあがるか」という質問である。
しかるべき学者や先生ならばこのような質問にも立派な答を述べることができるだろうが、ぼくの場合はシドロ、モドロ結局自分のとったやり方を低い声で呟くしか能がないのである。濫読《らんどく》か、精読か――はい、私は濫読ばかりいたしました。精読もいいと思いますが濫読も悪くないと思います。そのような返事を自信なく、おぼつかぬ声でのべると質問者の顔にはきまって幻滅、不満の色がうかぶのだが仕方がない。もっとも質問者の方の中には作家を教育者と混同されている人もいて、先日、こんな質問をあるお母さんからうけた。

「子供にマンガ本をよまして宜しいか、否か」結婚二年目、二才の赤坊しかいない若輩にこれはとてもとても自信をもって答えられましょうか。

「小説家は小説をどのようにして創るのか」

これも各人によって違うはずである。自分のまずしい体験談を告白するより仕方がない。しかしこの問題はおそらく一般の方に案外、興味があることかもしれないから、今日ここにお話してみよう。

他の作家の場合は兎も角、ぼくの場合は毎日新聞や週刊誌の中から何でもない記事でも印象に残った事件や出来事は切りぬいて、スクラップ・ブックにはりつけておく。あるいは新聞の縮刷版を毎年そろえるようにしておく。これが必ずしも役にたつとは限らないが、暇があると必ず読みかえしている。

断っておくがこれは別にスジ書をつくるために用をたてるのではない。ただぼくの場合、新聞や週刊誌に報道されているさまざまの事件の出来事の背後に自分の人間観察を色々あてはめて考えることが好きだからだ。新聞や週刊誌がジャーナリスティックに書いた世の中の事件、表面的に分析してすました出来事をぼくの心の中で再構成してみるのである。たとえば、ここに一人の女が自分の夫を殺した事件があったとする。新聞ではそれを嫉妬による殺人事件だと書いている。しかしぼくはそうした三面記事的な心理解剖をすてて、彼女が夫にたいしてもっと別な不満や寂しさをもっていたように組みたててみる。もしこれを小説に書くならば事実にあった彼女の家庭環境や夫を殺した方法などはそのまま借用しても、彼女の心理だけはぼくの世界で創りなおすというわけだ。もっともぼくは探偵作家でも大衆作家でもないから今までこうした三面記事の殺人事件を自分の小説に使ったことはない。ただ作家としての自分の訓練のためにそんな事をやっているわけである。

だがそのぼくにもこのスクラップ・ブックや新聞の縮刷版が役にたった事がある。自分の小説のことを話すのは気がひけるが、それは今年本にした「海と毒薬」という作品である。

雑誌から長編の依頼があった時、ぼくは今度の作品では日本人の道徳意識というものにぶつかってみたいと思った。基督《キリスト》教というような伝統的にして強力な宗教のない日本には道徳やモラル、罪の意識とはどのようなものか。それはたんに他人の眼、社会の非難をおそれるものだけにすぎないのか、もっと別なものがひそんでいるのか。こうしたテーマを掘りさげたかったから早速準備にとりかかった。

そこで新聞の縮刷版をみているうちに、様々の事件や出来事の中からぼくはこのテーマに恰好なものを遂に発見した。それは戦争中九州のある大学医学部でB29の捕虜を生体解剖したという所謂《いわゆる》「○大事件」である。関係者は医者であり、日本のインテリである。つまりこの事件は医者と倫理、日本インテリと道徳意識を追求するのに恰好の材料と思われた。

ただしぼくの小説はあくまでも想像の所産であって現実の事件の報告ではない。現実の事件の報告ならば、それはルポルタージュであって小説とはいえぬからである。

したがってぼくは事件の外部的な事実だけは適当に事実から借りたが登場人物の心理や苦悩や環境はことごとく自分の心から生みだすことにした。

九州にいき、その大学のある都市を訪れ、新聞社の人々から当時の話をきいたが、なかなか場面がうかばない。事件の輪廓はつかめてもぼくの心の中で主人公がまだハッキリとできないからである。

　毎日毎日、宿屋でノートはとったが自信が段々なくなってきた。いっそ諦めて帰京しようかと思った日は雨だった。その雨の中、諦めかねたぼくはもう一度、事件のあった大学医学部の外科病院を訪れた。そしてその古い建物の雨にぬれた屋上に一人たたずんだ時、よごれた街の向うに冬の黒い海がみえたのである。「海と毒薬」という言葉が口を衝き、その海のイメージから書きだせるという自信がやっとついたのである。小説とはこういう風に思いがけない偶然の触発に助けられて第一行が生れることが多い。そして第一行に自信ある場面が書ければ、あとは苦しいことは苦しいが筆はともかくも進んでいくのである。

井上筑後守と殉教者

井上筑後守《いのうえちくごのかみ》という人物を主人公にしていつか小説に書いてみたい――時々、そんなことを私は考える。

筑後守は私にとって、まことに興味の尽きない謎のような男である。彼の顔はどういうものか知らないが、私の想像する彼は痩せて、頬の骨のとび出た中年男なのだ。何処となくくぼんだ、そして残忍と狡猾な光をたたえた眼を持っているが、平生は冷たい石のように静かな人間である。

筑後守の下屋敷は俗に切支丹《キリシタン》屋敷といわれている。現在では文京区茗荷谷の九十二番地のあたりにその碑が残っているだけだ。この屋敷では当時、禁制の切支丹宗門の男女がさまざまの拷問や訊問をうけて、苦痛の呻き声を夜な夜な、あげていたのである。

筑後守は一説では蒲生氏郷の臣であったが、後、蒲生家が亡んだ後、幕府に仕えた人間である。

私に興味があるのは、この男は後に北条安房守と組んで、寛永年間の切支丹宗門の徒を検挙する役目を仰せ仕ったのだが、実はこの特高の元締めともいうべき彼が、その昔、切支丹のひそかな信者だった点である。

彼が行った仕事はたんに信者たちを摘発するというだけではなく、彼等を「ころばす」ことである。つまり基督教を裏切らせることである。

「ころばす」ためには、才覚のない役人は信徒に拷問や責苦を与えるのが普通だが、筑後守はそんな莫迦なことをしなかった。彼は責苦を与えられれば与えられるほど、拷問を受ければ受けるほど、信徒の信仰というか、殉教の精神というか、そういう必死の情熱が燃え上ることをよく知っていた恐ろしい漢だった。そこで彼はその逆手を使ったのである。

まず色仕掛である。ある信徒なり、ばてれんなりと同じ牢獄の中に重罪を犯した女囚を入れる。

男と女とが陽の光のさしこまぬ牢獄の中で一緒にうずくまっているのであり、ほかに何の希望も悦びもないとすれば、毎日の苦しい生活に耐えかねて、どんな道心堅固な信徒でも心の弱みが生れるのは当然のことであろう。ある夜——思わずその女囚と肉慾の罪に陥ちてしまう。一度、罪を犯してしまえば、あとは雪崩のころげ落ちるように心の裏切りを繰りかえしていく。

どうしても転ばぬ者も井上筑後守は決して殺さなかった。彼はこうした人間を殺すことがかえって相手に勝利の栄光を与え殉教者の名誉を与えることを知っていたからだ。そして一人の殉教者がでれば、生き残った信徒たちは更に彼に見ならうことによって信仰の結束をかためるにちがいないからである。

筑後守は他の方法では転ばぬ信徒にはもっとも狡猾な残忍な処置をとった。コメカミに小さな傷をつけて、頭の血が少しずつそこから流れるように逆さ吊りをするのである。こうすればなかなか死なないし、しかもその苦痛は極まりないのである。

筑後守のこうした方法で外国から布教に来たばてれんの中には遂に、信仰を裏切った人もいる。たとえば、有名なフェレラがそうであるし、また伊太利《イタリア》から来たジェセフ・キャラという宣教師もそうである。

筑後守はこうした手腕によって松平伊豆守信綱の推挙により宗門奉行に栄進した。

だが私はこの経歴の背後に、この男がその昔、蒲生家の臣であったころ、熱烈な基督教信徒であったことを忘れることはできないのである。その前半生は熱烈な信徒であった彼がなぜ、その後半生ではかつて同じ神を信じていた仲間を捕え、拷問する人間になっていったか。このなぜが、私の興味をいつも惹いてやまない。

たんなる日和見主義や世俗的な野心だったと割りきる人もあろうが、それは当時の基督教信仰を知らぬ言葉であって、一度、信仰を吹きこまれた人間は、それを捨てた後も、なお、かつての焼きつくように生々しい痕跡を魂にもっているのである。筑後守が、無感動な気持で切支丹の人々を検挙したとは私には考えられないのである。

　私は彼の心の中にある「復讐感」があったのではないかと想像する。ちょうど共産党を裏切った人間の大半が、生涯その党を憎み、それを否定せずには生きていられないあの苦しい歪んだ心がこの一生を二重人格で生きた男にも、ひそんでいたのではなかろうか。それは神にたいする復讐であると同時に、また「裏切った」自分にたいする復讐感であったかもしれぬ。

　まあ、そんなセンサクはやめにしても、この筑後守は当時の切支丹圧迫の役人の中で最も謎めいた男である。それにしても、その彼のために「ころばされた」キャラやフェレラのような紅毛ばてれんの生涯も憐れであり、寂しい。裏切者の彼等は今更故国に帰ることもできず、海波千里を隔てたこの日本でわびしく死んでいくのである。

島原へ

私は長崎や島原半島一帯が好きだ。それはたびたび書いてきたことだが、自分の小説のなかにもこのあたりを舞台にしたものが多い。

たんに自然に恵まれ、風景が美しいというならば私は海あおく、山みどりのこの地にそれほど心ひかれなかったであろう。

長崎周辺や島原に私が愛着するのは、そこには小説家の心をうずかせる歴史の激しいドラマがくり展げられているからだ。それも大きな規模で、世界史的な拡りのなかで。

たとえば島原半島には口《くち》ノ津《つ》や加津佐《かづさ》、あるいは有馬というような町がある。この五月にも訪ねたが、二十年前にこうした町を一人で旅した頃は、その一帯は文字通り海あおく、浜白く、真昼の町はむかしの漁村の面影をとどめて静寂そのものだった。

もちろん、こういう漁港の町なら九州や四国のあちこちにあるだろう。しかしこれら口ノ津や加津佐が小説家の私の足を引きとめるのは、ここが戦国時代、日本人がはじめて西洋というものを知った場所だったからである。

これらの小さな港の沖あいにはその頃、波濤万里、マカオやマラッカやマニラから来た南蛮船が訪れた。この地帯を支配した有馬氏が海外貿易を歓迎したからである。

必然的に口ノ津や加津佐は国際的な町に変貌した。今でもその名ごりが地名に残っているが中国人たちの住む区域ができただけでなく、キリスト教の教会や学校が建ち、南蛮屏風に描かれたようなスペイン、ポルトガルの宣教師たちが船員たちと共に町を歩きまわったのだ。

日本の少年、青年たちがはじめて西洋の語学、音楽、絵画を勉強した有名な有馬神学校（セミナリオ）は有馬氏の居城、日之江城のかたわらに作られた。そこで日本の少年たちは早朝からラテン語やポルトガル語を勉強し、自由課業の時間にはオルガン、ギターなどの西洋の楽器を奏くことをおぼえた。

言いかえれば我々が戦国時代とよんでいるあの頃、もう我々の祖先は西洋の音楽を耳にし、西洋の絵画手法をかじっていたのである。

それだけではない、驚くべきことにはこの有馬セミナリオの在学生、卒業生たちは今の我々にはるかに先がけて、ヨーロッパに留学しているのである。

有名な天正の少年使節のことはよく知られているから割愛しよう。断っておくが、ローマ法王を訪問した四少年たちは有馬神学校の生徒であり、その大旅行を企画したのはこの学校の創立者ヴァリニャーノであった。

彼等だけではない。実際に大冒険ともいうべき長期の船旅に耐えてヨーロッパにわたり、ローマで勉強したトマス荒木やペトロ岐部のような留学生もこの学校の卒業生だった。この学校や日本最初の留学生に興味のある方は是非とも拙著「銃と十字架」（中公文庫）をお読みいただきたい。

日本で最初に西洋式の印刷が行われたのもこの島原半島においてである。その印刷機械は天正少年使節たちがローマ訪問のあと、帰国の際、ゴヤから持ちかえったものである。

有馬にはまた島原の乱で天草や島原半島の農民たち三万が重税に耐えかねてたてこもった原城がある。

はじめて、私が訪れた頃の原城は今のように公園化されていなかったから、文字通り、一揆軍の慟哭がそのまま残っている思いがした。三の丸の跡で畠仕事をしている農家のおばさんが私に「今でも骨がみつかることがあります」と言ったのを憶えている。

言いかえるならばこの島原の乱を契機として日本は鎖国に突入したのだから、日本史におけるこの半島の意義はさきほどの西欧と日本の最初の交流と共に強調して強調しすぎることはない。

大和や奈良は日本が大陸文化の影響をうけた場所としてその史跡は大事に大事に保存されているが、日本が西洋をはじめて知ったこの島原半島の史跡は訪《おとな》う人も少く、今も畠の一角に埋れている。

私の読後感

編集部から私に託された原稿が多くなかったことは私をちょっとふしぎがらせたが、よく考えてみると、わかる気もする。私自身、堀辰雄氏の作品は今でも大好きだし、自分の文学にも大きな影響をうけたのだが、実際に氏の作品を愛読しはじめたのは当時の慶応の予科にはいってからだ。しかも一見、少女趣味的で感傷的な外見をもった氏の文学の背後に、ふかい人生への眼を理解することができたのは、それからずっと後になってからだ。

「菜穂子」は堀氏の一九四一年の作品である。見方によっては今まで詩人として詩を要とした散文を書いていた氏がはじめて小説らしい小説を書いたのが、この「菜穂子」だとも言える。それは諸君がこの小説と「風立ちぬ」とを比較してみれば納得がいくだろう。「風立ちぬ」の世界は、一人の詩人が病床にある婚約者と共に現実から離れた八ヶ岳のサナトリュウムで、愛を通して死を学び、死を通して生を視《み》るという詩人の成熟の物語ではあるが、そこには現実を超えたあまりに清浄な調べが奏でられすぎている。だが「菜穂子」は同じサナトリュウムを背景にしても、菜穂子と現実との闘いが描かれている。その上、堀氏の作品には全く珍しい「俗物的な人間」が菜穂子の母や夫の形をとって現れている。この「現実との闘い」という意味で「菜穂子」は「風立ちぬ」のような詩的な散文ではなく、小説なのである。

　私が武井さんの感想を選んだのは、武井さんがこの菜穂子と現実の闘いという点をハッキリ読みとっていられたからである。天野君のも決して悪くはないが、「菜穂子」よりは堀氏の作品についての漠然とした印象に捉われすぎているし、中村君は、菜穂子と都築明との恋愛小説のように読みちがえていた。その点、武井さんは「菜穂子」を通して堀氏が描こうとしたもの——彼女と現実との闘いも一人の女の孤独もシッカリと摑んでいるように思われる。私は武井さんが女性であるため、他の男子学生の中村君、天野君らの作品より菜穂子という人妻の悲しみに触れえたのではないかと思っているのだ。

　一言でいうと菜穂子とは圭介とよぶ夫にも、圭介の母親にも彼女の結婚生活にも人生の切実な意味を見出せなかった女である。なぜなら夫も義母も人生よりは日常の生活の安泰さに執着していたからだ。彼女はやがて、胸を病むようになり、雪に覆われたサナトリュウムに行くが、ここで彼女は自分に与えられた孤独が何のためかを考えはじめるのである。幼友だちの都築明がやはり病身に耐えながら雪の高原を歩いていく姿も彼女に人生の生き方を反省させる。

だがサナトリュウムは現実を離れた世界で、現実ではない。菜穂子がもう一度、この現実に戻り、夫との結婚生活に新しい生き方を見出そうと決心したのは、そのためなのだ。

だが、菜穂子がサナトリュウムから東京に戻ったとき、彼女はふたたび、あのつまらぬ生活の安全さにすがりつく夫と自分の孤独とをしか見出さなかったのである。

この作品に興味を持たれた人はフランソワ・モウリヤックというフランスの現代作家の「テレーズ・デケルウ」という小説を読まれることをお奨めする。「菜穂子」は堀氏がこの「テレーズ・デケルウ」を下じきにして書いた小説だと言って良いほどだ。同じような女の孤独、同じような凡庸な現実とのくるしい闘いを描きながら「テレーズ・デケルウ」は「菜穂子」より更に厚味のある作品だ。しかし、「テレーズ・デケルウ」ほどの厚味を描けなかったとしても、それはこの「菜穂子」の価値を引き下げるものでは決してない。

堀氏はこの作品でそれらの障碍にぶつかってみせてくれたのであり、その決意こそ、大きな意味があるのだ。

私の愛誦詩——「白壁」

白壁

島崎藤村

たれかしるらん花ちかき
高楼《たかどの》われはのぼりゆき
みだれて熱きくるしみを
うつしいでけり白壁《しらかべ》に

唾《つば》にてしるせし文字なれば
ひとしれずこそ乾《かわ》きけれ
あゝあゝ白《しろ》き白壁に
わがうれいありなみだあり

島崎藤村については今更、説明する必要はないでしょう。この詩は藤村の有名な処女詩集「若菜集」にのっている作品です。

「若菜集」は明治三十年の八月に出版されましたから、もう半世紀も前の詩ですし、それに今の詩人にはふるめかしい七五調を使っていますが、しかしそういう時代の隔りもこの詩の美しさを傷つけることはありません。

やるせない青春の哀歓をこめた一句一句は私たちの胸にも伝わってくるのです。

ありきたりの七五調、文語体でありながら、新鮮な感覚は「あゝあゝ白き白壁に」という言葉からも感じられるのです。

私の好きな詩の一つです。

私の愛誦詩――「故園の菜」

故《こ》園《えん》の菜《さい》　田中冬《ふゆ》二《じ》

味《み》　噌《そ》　うす暗い土《ど》蔵《ぞう》の中　味噌桶　昔がいる
茶　ものうい晩春《ばんしゅん》のゆうぐれよ
醤《しょう》　油《ゆ》　日が暮れると田舎の町は真暗だ
しその葉　母の手
蕎《そ》麦《ば》の花　夏蕎麦の花さくあたり　別れたひとよ　大野川の村への道はながかった
柘《ざく》　榴《ろ》　あけはなした座敷に曝書《さらしぶみ》　庭さきの柘榴の赤い花と噴井《ふんせい》の水と
ゆずの木　秋の灯《ひ》のともし頃私は一本のゆずの木を植えたその夜から私は病んだ

田中冬二氏は明治二十七年に福島で生れた詩人で「青い夜道」という詩集によって有名です。

ここに掲載した詩は詩集「山鴫」の中からとったものですが、御覧になるように大変、変った作品でしょう。

味噌といい、茶といい、しその葉という我々の毎日の生活に親しんできたものばかり。その親しんできたものの中にはかえって我々の古い子供のころの記憶や懐しい追憶がしみこんでいる。味噌をみているとかえって幼年時代みたうす暗い土蔵が思いだされますし、しその葉からは亡くなった母のやさしい手が蘇えるでしょう。詩というものをムツかしく考えずに、みなさんもこういう連想から一つおはじめになったら、どんなに楽しいことでしょうか。

Ⅱ

伝統と信仰に生きる

日本の青年と言っても、そのタイプ、生活思想がさまざまであるように、フランスの青年の中にも、太陽族もあれば、まじめな学生もいます。何も信じないニヒリストもいれば、キリスト教の熱心な信仰者もいるのです。

革命のために働く若い共産主義者もいれば、政治や社会の問題に無関心な青年もいます。その一人だけをとり上げてこれがフランス青年の代表であると断定することは困難であり、危険です。その点を皆さんにお断りしておいて、今日、ぼくは自らかつてその学生の一人であったフランスの大学の友人たちのことを話しましょう。

皆さんは小説や映画を通して、フランスの若い青年たちを、ちょっと神経質で、機知にとんだ、そして洒落た、頭の良い連中のように考えているかもしれません。

実際、映画や小説にでてくるフランス人はそのように描かれている場合が多いので、そう思いこむのも無理からぬことです。

けれども実際にフランスに行ってみると、この想像が案外だということに気づくのです。なるほど、巴里《パリ》のソルボンヌ大学や高等師範学校にまいりますと、マルタン＝デュ＝ガールの『チボー家の人々』のジャックを思わせるような、明晰な頭脳とはげしい情熱をともなった青年たちに接することができます。

けれども一歩、巴里から離れてフランスの田舎都市に生活してみますと、ここには日本人には想像もできぬほど根強い保守的な空気にぶつかるのです。

私たちがともすれば日本で考えている、多少軽薄で自由なフランスではなく、ふるい風習や伝統やキリスト教をそのまま維持している中産階級が、ここを大きく支配しているのでよくわかるのです。

皆さんはフランスの若い娘の中には今でも見合結婚をする女性が少なからずいると言えば驚かれるかもしれません。けれどもこれは事実であり、そうした良い意味でも、悪い意味でも保守的で伝統をまもるフランスのことは、シャンソンや巴里しか考えない日本にあまり紹介されていないのは残念です。

そうした保守的な、長い伝統や宗教をまもる地方の大学にまいりますと、私たちはこの種の学生たちが大半をしめているのに気がつくのです。

わずか三カ年の留学でしたが、その三カ年の間に、彼らフランスの青年たちの中にぼくが見出したものは、この長い伝統の強さということでした。ともすれば軽佻浮薄《けいちょうふはく》に想像されやすいフランスの若い世代が、実は、私たち日本の学生にくらべものにならぬほどの頑固さと根強さを持っていたのです。

ぼくは先ほど、フランスの青年たちといっても、種々様々なタイプがあると書きましたが、そうした種々様々なタイプの背後にも彼らは共通にこの強さを持っていることもだんだんわかってきたのです。

たとえば、諸君がフランスに行ってみるとしましょう。そして彼ら、フランスの学生の仲間にはいったと想像してみましょう。

ひょっとすると諸君の方が彼らよりいろいろなことを知っているかもしれません。諸外国のさまざまな作家や演劇や文化のことについて、諸君の方が百科辞典式な知識を持っているでしょう。

これはぼくの場合ですが——ぼくはむこうの大学の文学部の学生が、ぼくよりもフランスのあたらしい作家の作品を（それは彼らの本国の作家たちです）読んでいないのに気づいて、はじめは非常に驚いたことがありました。

けれども百科辞典のようにさまざまな事柄を知っていても、ぼくらは彼らに比べて知識の根が欠けているのです。

たとえば東京の街をあるくと、いたるところにフランス料理、中国料理、イタリー料理、ロシア料理の看板をかかげたレストランがあります。ぼくらはどの国の料理も日本でたやすく食べることができます。けれどもフランスのどんな街でも――たとえ巴里でも――こんな風景をみることはできません。なぜなら彼らはフランスの料理に自信があるからです。自分の国の料理が一番ウマイと信じているからです。

こうした自信はともすれば自惚れという危険なものになりますが、しかし知識の場合、ぼくらが百科辞典のようによその国の文化について知っているのは案外、自分の文化に伝統の強さを持っていないからではないでしょうか。根がないためではないでしょうか。

なんの抵抗もなく、思慮もなく、新しい思想や流行の知識をスッ、スッと受け入れられるところに、ぼくら日本人の若い世代の弱さがある――これをフランスの青年をみたとき、しみじみと感じたのでした。

フランスの青年たちは、ぼくらが日本で想像しているのとは非常にちがってそうした芯のあるもの、根のあるもの（その芯や根はキリスト教やラテン精神から何世紀もかかって養われたものですが）を持っていること、その伝統や根が時には彼らの欠点や弱さともなりますが、私たち日本人には、やはりうらやましいものだと思われたのでした。

四月一日《エイプリール・フール》が待ち遠しい

四月一日はエイプリール・フールの日です。四月馬鹿とも言います。フランスでは「四月の魚（ポワソン・ダブリイル）」とよび、この日は我々と同じように家族や友人をかついで大笑いする習慣があります。特に笑うことの好きな南仏の男たちの間ではこの日は待望の日でしょう。

ぼくのように三度の飯より悪戯の好きな男はこの四月一日がどんなに待ち遠しいことか。もともと日本人とは謹厳で真面目すぎるところがあり、ホラを吹いたり、大騒ぎ大笑いをするとすぐ「あいつはどうもフマジメでイカン」などと叱られる。だが最近は四月一日だけは、どうにか天下御免の悪戯がゆるされるようになってきた。

しかしもともと日本人はユーモアもありホラ好きな人種だった。柳田国男先生の論文を拝見しますとむかしの日本人では人々が集まっておこ話、つまり大きなホラをつきあう集まりがあり、この会でもっとも優れたおこ話をした者は褒美をもらったということです。

現世がかたくるしく、生活がくるしい時、人々は精神衛生のためにも笑う必要があり、それで空想やホラ話によって人々は慰めをえたと柳田先生は言っておられます。だから我々は日常生活のなかにも、もっとユーモアや笑いを入れてよいはずです。そしてシカメ面をしたり口もとをギュッとしめたりするだけが真面目のあらわれだという馬鹿馬鹿しい考えは、もう捨てたほうがいい。

　だから四月一日は皆さんも大いに四月馬鹿になっていただきたい。御家族同士や親しい友人でたがいに「かつぎ合い」の競争をやり、もっとも勝った人も、もっともかつがれた人も、腹の底から笑っていただきたいものです。

　そこで今日は四月一日のかつぎかたのルールをお話ししましょう。悪戯にもルールがいるかって。もちろんです。それがなければセンスのない悪ふざけになってしまうのです。

（1）悪戯にはユーモアがなければならない。他人がひっかけられて本当にイヤな後味を残すのは悪戯ではなくて、悪ふざけと心得るべし。

　たとえばだれかのうちに電報をうって某君が事故で死んだなどとかつぐのは馬鹿な悪ふざけであって悪戯ではない。他人の不幸、死、身体的欠陥を使うひっかけかたはルール違反と思ってください。それは当人に後味を悪くします。

（2）相手がひっかかったら、いつまでもほっとかないこと。四月一日中に、「あなたはひっかかった」ということを告げること。ひっかかった相手がいっしょになって笑うタイミングというものがあります。このタイミングをはずしてしまうと、相手は笑えず、なにかわだかまりを残すものです。

（3）ひっかけの中にどこか抜き穴を作っておくこと。抜き穴というのは、それに気づけば相手が「怪しいぞ」と感じる部分です。たとえば電報局のマネをして電話で相手をだます時、「アサガヤのア」と言わずに「アンポンタンのア」と言うようなのを一つ作っておくこと。これが抜き穴です。

以上の三つをおまもりになれば四月一日も昨日までそんなに親しくなかった同僚とも急速に仲よくなれるきっかけになります。昨日まであなたに無関心だった男性とも、明日からニコニコとして、話しあえるチャンスにもなります。

四月一日は使いかたによれば、交際範囲をぐんと広げたり、ふかめたりできる「善き日」になるのです。

利己主義は結局ソンをする

個人主義と利己主義とはみなさんに今さら、そのちがいを説明する必要はないでしょう。平たく言えば利己主義とは読んで字のとおり、己にトクであればそれで良い主義であります。

しかし、個人主義とは、己にとってトクをするから、他人の場合も同じことだと考え、他人のトクをも尊重する主義といえます。

私はいわゆる聖人君子ではありませんから人間の心から利己主義を消せなどとえらそうなこと言う資格はありません。私はいい加減、利己主義な男ですから、他人によって自分がソンをするのは大嫌いです。

しかしだんだん、生活経験を経てみますと、あまりにひどい利己主義者は結局ソンをするということがわかってきました。

学校のなかでも手前だけ良く、自分以外の友人のことをかえりみないヤツは「イヤなやろう」だといわれて友だちを作れませんし、みなに嫌われ、孤独になる。その時はトクなつもりでも青春時代、友だちを失い、孤独であることは大きなソンだと気づかないのです。これは社会にはいっても同じことです。

賢い利己主義者は、だから、己を利して他をも利すという共栄共存主義をとります。君もトク、ぼくもトクということならばわれわれは友人から喜ばれますし、孤独にもなりますまい。はじめのトクは利己主義一点ばりより少ないかもしれませんが、利子に利子をかさねるのです。これが本当の個人主義といえましょう。だから個人主義を学ぶには集団のグループにはいることです。

スポーツでも文芸でも音楽でも、「君もトク、ぼくもトク」という方針でやれば、これは立派な個人主義です。「君はソン、ぼくだけトク」主義でやれば、それはみすぼらしい利己主義です。このことは実際にグループ活動をおやりになった方はいつでも気づかれていることでしょう。

碧い地中海——ニースからモンテカルロに

ぼくを乗せた汽車が初めてマルセイユから伊太利《イタリア》の国境にむかって、あの避暑地と避寒地とで有名なカンヌやニースに近づいた時、窓に顔を押しあてたまま思わず空と海との色に歓声を洩らしたのを憶えています。

空は碧い。しかしそれよりも陽の光にきらめく真昼の地中海の海はもっと碧かった。眼にしみるようでした。そしてその海べりにそって白い花崗岩質の丘と山とが迫り、その丘と山とにはオリーブや松の林が覆い茂っているのです。クリーム色やうす桃色の別荘がそれら丘の上に、海にそって、松林の中に点在しています。

兎に角、碧い海と空、白い丘、みどりのオリーブの林、それらの三つの色彩のみごとな調和がその日ニースにむかって走る車中のぼくを恍惚とさせたのです。

ニースの街は海べりにそって豪奢なホテルが並んでいる。そのホテルがそれぞれ買いきった浜辺には小麦色の陽にやけた男女が水しぶきをあげて遊んでいる。夜になっても音楽や灯の光はいつまでも消えない。人々はここで青春や生の喜悦をむさぼるように吸うことができるようです。

そんな華やかなニースの海べりをわざと離れてぼくは裏町の小さな小料理屋で一杯の赤い葡萄酒を前にしておちぶれたヴァイオリン引きの老人の奏くトロイメライを聞いていたことを今でも思いだします。ニースが華やかな街だけにぼく以外の客のいないこんな裏路の風情やあわれなヴァイオリン引きの曲の音がいっそう心にしみたものでした。ぼくはゆっくりと葡萄酒をのみ、巻煙草をふかし老人に小銭をわたして外に出ました。

その翌日、昨日と同じように陽の光にきらめく海べりを国境のモンテカルロに向かいました。一日中、その海べりで白い雲とその雲のむこうの伊太利のことを夢みながら日を過ごしたものでした。

「エスプリ」

「エスプリ」誌は一九三二年、E・ムニエによって創刊された総合雑誌である。この雑誌の立場は普通、カトリック左翼主義と言われているが、それは大まかな言い方であってムニエの思想「ペルソナリスム」（人格主義と一応訳されているが、この訳は必ずしも正確ではない）をその根本思潮としているのである。ペルソナリスムを一言で説明することはむつかしいが、従来、基督《キリスト》教のブルジョア社会が放擲しがちだった社会や政治の悪の是正を基督者の仕事として考えながら、しかし同時に人間の内部革新（信仰）がこれに伴わねばならぬとムニエは主張したのだ。「エスプリ」はその意味でペルソナリスム運動の一手段として発刊されたわけである。この雑誌はフランスの新しい基督者の世代に爽やかな風を送ると同時に古い世代からは白眼視されないでもなかった。

　私は留学中、リヨンのエスプリ・グループ（フランスの各都市にはムニエの思想に共鳴するエスプリ・グループがあった）に時々、出席させてもらった関係上、ムニエのなきあと、主幹となったアルベール・ベガンと編集長のドムナックにあつかましい手紙を送ったり、訪問したりして、翻訳権をほしいなどと申し入れたことがあるが、早大仏文の助教授岩瀬孝君が同じ気持で、彼が奮闘の結果、遂に一年間の翻訳権をもらった。

「エスプリ」は総合誌だったが、文芸方面の記事も力を入れていたため、ラビイやマニイ夫人などのような文芸評論家はこの雑誌から登場したのである。またピエール・エマニュエルのような詩人、ジャン・ケロルのような小説家もこの雑誌に加わっている。

ムニエ以後、文芸評論家のベガンがこれをつぎ、ベガン死後はジャン・マリー・ドムナックが主幹と編集長をかねてから、文芸方面がいささかおろそかになったのは寂しいが、私の愛読してきた雑誌である。

万博の基督教館

一昨年、私はプロテスタント及びカトリックの万博委員たちから突然、博覧会に建設する基督教館のプロデューサーをやってくれないかという依頼を受けた。プロデューサーは私のほかにカトリック側から三浦朱門氏が、プロテスタント側からは阪田寛夫氏が引きうけることになったが、私自身がこうした場ちがいな仕事をする気になったのは、この仕事が日本で最初の公的なカトリックとプロテスタントの共同事業であるという点に大きな意義を感じたからである。

なぜなら、日本のカトリックとプロテスタントとは西欧のようなさまざまな歴史的背景もないのに無用な対立を続ける必要は毛頭ないと私はいつも考えていたからである。もちろん教義的なちがいはあるが同じ気持で日本の基督教者となった点では変りはない。おたがいの立場、考え方をみとめつつ協力しあえる領域はこの国では沢山あるのに、それをそっぽを向く必要は少しもない。

それがこの二、三年の間に両者の歩みよりが成りたって基督教館というささやかだが、一つの共同事業をするのは意味がある——こう思ったので悦んで引きうけることにしたのだった。

やがてこの館にはさらにヴァチカン市国が参加することになり、我々プロデューサーは上の委員たちが決めた「眼と手」というテーマにしたがって演出プランをたて、その仕事をはじめた。

ところが昨年から関西のプロテスタントの人たちが、万博参加反対の意見を表明しているという話を聞きはじめた。万博は佐藤内閣が一九七〇年の重要な諸問題から国民の関心をそらすためにやった体制側の行事だからこれに参加すべきでないと言うのである。また別のプロテスタントの人たちは参加するならば原爆フィルムを上映してほしいと私たち三人のプロデューサーに申し入れをしてきた。

原爆フィルムの上映はこのフィルムが学術用以外には貸与されぬので、この人たちの希望をいかせなかったが、しかし私が全く腑に落ちぬのは万博反対の人たちの考え方である。

第一に万博にプロテスタントが参加反対ならば、すべての計画が進みはじめ、建物の設計も終り、さらにプロデューサーである我々が仕事を開始する以前——つまり万博に基督教館を建てるか否かということが討議されている時にそれを表明し、反対してくれるなら話はわかる。もしそうだったなら、私たち三人も時間をつぶさず、あちこちを走りまわらずにすんだであろう。一度、やるということをプロテスタントが表明したあとで、つまり基督教館の仕事が軌道にのりはじめたあとで急に参加すべきでないといいだすのは、私としては全く腑に落ちない。

　私としては一番、心配なことの一つは基督教館が陳列するローマのヴァチカン美術館が提供してくれたラファエロのゴブラン織物を万一、反博の人が破壊したら、ということである。反博の方たちもこうした全人類にとって大事な美術品をこわしたりすることはないと思ってはいるが、万一を考えておかねばならぬのはプロデューサーとしての義務なのである。意見の対立は仕方がない。しかしラファエロのような美術品はおたがいに尊重しあいたい。それは我々がまた子孫に残す人類の財産だからである。願わくは反博のプロテスタントの人たちもこの点だけは我々プロデューサーを安心させて頂きたいのである。

　基督教館は本当をいえば、おそらく万博では一番、目だたぬささやかな建物である。そのささやかな建物の可否について、今、プロテスタントの人たちがこうして二つに分れているのは、その背後にもっとふかい傷があるからではないかと私は考える。

虚栄スト

三田文学という雑誌の編集長を今年一年の約束でやらされたため若い学生と接する機会が多くなった。編集室には慶応の学生が一番多いが、しかし東大の学生もくる。早大生も姿をみせる。聖心、成城の女子学生たちも応援にくる。

編集がすむと彼等《かれら》と酒や茶を飲みながら色々な雑談をとりかわす。私は、トランプの王様のような頭をして、グループ・サウンズとかいうバケツをかきまわしたような音に痙攣的ダンスをやる近頃の若者たちの気持がよくわからない。わからないから、あれはバカのすることだと言うと、学生たちは私が古いと言う。アングラ芸術などあるものか、あれは暗愚等のする軽術だと言ったため、彼等の総攻撃をうけたこともある。

学生運動についても頭の古い私はよくわからない。特につい最近、今までストライキの一度しかなかった慶応の生徒までが、ストに入ったと聞いた時、私には全く理解できなかった。そのストの名目は、医学部がアメリカからのひもつき資金援助をもらっているということらしかったが、ストは四谷医学部から三田にまで波及して文学部まで同調したらしい。

私はそれを新聞で読んだ。がとも角、自分の出た三田の出来事だからすぐ眼についたのである。そして不愉快だった。自分の後輩たちが他の大学が最近はストライキをやっているので、その流行のバスに乗り遅れまいとしたのではないかと思ったからである。たしかに学生ストは流行的傾向にある。もともと学生ストは日本が元祖だとしても特にフランスの学生がドゴール政権に反抗してストライキを行って以来、ちょうど若い娘が巴里の流行服をすぐ着たがるように、慶応や、今までストをやらなかった大学の学生までがそれを真似たのではないか。

と言えば彼等は怒るかもしれない。だが怒らしついでに我々一般の感情を書いておこう。私は学生ストに加わっている連中の半分は、自己陶酔でやっているのだと思う。自分は若い。自分は若いから、若くない者はすべて悪い。自分たちは若いゆえに純粋であり、純粋ゆえにこの行動は正しいという心情である。あるいは動機そのものへの根本的な自信や思索よりも、同じ学生と肩をくんだりする一種の連帯感の幻影、エセヒロイズムへの陶酔、友情ごっこ——それが正義とすりかえられている部分が大いにあるのだと思う。特に女子学生などの三分の二は、こういうことをすることによって女の虚栄心、エリイト意識がはなはだしく充されているのではありますまいか。

「なあに、あれは旧制高校のストームと同じさ」

とある年寄りが言ったが、すればある程度あたっている。ただストームの場合とちがって学生ストには一種のイヤらしさがある。それは自分たちだけが正義であるという独善主義の臭気がプンプンすることだ。

私は彼等に時々こうたずねたくなることがある。「マスプロ教育」に不平をならすなら、君はなぜマスプロ教育をやっている大学を受験して入学したのか。君がもともとマスプロ教育が不満なら、なぜマスプロ教育をしていない学校（たとえば文化学院のような学校もある）に入らなかったのか。受験するということは既にその大学のやり方を承知したということになる。君は本当は有名大学を出たというレッテルがほしくて入ったのではないか。受験する時はマスプロであろうが何であろうが、有名大学さえ出ればいいという気持で受けたのではないか。そんな気持で大学生になったのに、一度、学生になると急に正義漢づらをしてマスプロ教育に不平をならすのはなぜか。それはちょうど泥棒学校だと承知して入学して、入学後、泥棒はいかんと言うようなものである。

私が自信をもってこれを言えるのは、不平を言う連中が依然としてその大学にしがみついているからである。要するにイヤなものから飛び出す勇気さえない連中なのだ。それほど不快な大学なら、なぜやめぬ。やめぬのは有名大学を出たという将来の条件に有利なレッテルをもらいたいからであろう。

私たち年代が学生ストの記事をみて一番不快なのは、「三尺さがって師の影をふまず」という気持が今の学生に全く失われたからである。昨今は入試の問題まで受験生に洩らす教師の出る世の中であるから、「三尺さがる」気持にもなかなかなれぬかもしれぬが、学生にもう一度、自分たちに「教えてくださる」方への尊敬というものを考えなおしてもらいたい。そうでなければ、そんな先生のいる大学などやめてしまったほうがいい。

うすら笑いをやめよ

ぼく等《ら》の若い頃も、古い世代から「近頃の青年は」と嫌味を言われたり、批判されたものだ。どんな世代も前の世代からみれば「自分たちと同じでない」というだけで女々しくみえたり、弱虫にうつったりするからである。

だから、こういう受験生の写真一つをみても、嫌味の一つもこぼしたくなるのは古い世代として当り前だろう。いい年をして母親につれられて……と言いたくなるだろう。しかし君たちとしては、母親を伴おうが伴うまいが、それは本質的な男らしさと関係ないと反駁するかもしれない。

ただ、ぼく等の若い頃は、古い世代は一応、コワかった。その発言も強力だった。ぼく等は彼等の批判を（認める、認めないにかかわらず）耳かたむけたことはたしかだ。

だが今の若い者たちにとって前の世代はそんなにコワくはない。その発言も強力ではない。だから、大半の若い者は、年寄りや先輩の言うことを、一種のうすら笑いを浮かべて聞いている。会社で、学校で、テレビの討論会で、ぼくはしばしば、若い世代のこのうすら笑いにぶつかる。

あのうすら笑いは「頭の古い奴は仕方がない」「現実がそんな理想主義をゆるすものか」というような自己正当化のうすら笑いだ。そしてその場合、君たちは自己を正当化するために「政治が悪い」「現実がきびしい」「社会が矛盾している」という錦の御旗を濫用している。自分以外のものに責任をすりかえる。

だから、ぼくが若い世代に願うことは、うすら笑いを浮かべることをやめろと言うことだ。そしてしゃくにさわるなら、前の世代と闘ってみろと言うことだ。闘わずにうすら笑いだけを浮かべるのはよせと言うことだ。

現代の関所

ああ　春さきの、受験期の、埃っぽい、陰惨な、どこか不毛な空気……

「おじさんなんか、いいな」と親類の高校生が羨ましそうに言った。「もう、入学試験がないんだから」

「馬鹿いいなさい。おじさんなんか毎月、入学試験みたいなものさ。文芸時評や創作合評というものがあってコワい批評家という人が試験官で……」とぼくは苦笑しながら答えた。

けれども日本人インテリの、あの眼鏡をかけて頰のこけた顔をみると、ぼくはなぜか試験地獄という言葉を思いだす。あの顔は人生の苦悩のために瘦せこけたのではなく、様々な試験地獄（入学試験、就職試験、昇級試験）のためすり凹《へこま》されたように見えるのだ。おそらく世界の国々の中で日本は試験のもっともきびしい、きびしいだけではなく人生の大問題ともなっている国だろう。仏蘭西《フランス》だって大学入学資格《バカロレヤ》さえ通れば、どこの大学だって入れるのだから、まだ心の余裕がありげな気がする。

駅弁あるところに大学ありと言われながら、入学試験がかくも激烈な事実から我々はすぐ二つのことを考えてしまう。第一は日本の社会で人間関係を学閥が支配する比率の大きさ、第二は今日の若い世代にとっても依然として日比谷——東大——官僚（大会社）の線に人生の最大の目的も幸福も希望も集中しているということだ。この二つの事実は今後、長い間日本の社会人を支配していくだろう。

　ぼくの家は駒場にあるので受験生によく会う。「なぜ東大を受けるの」ときいたら「いい学校は就職率がいいから」と言下に答えた。試験を受けて入った学校は、今日、次の試験（就職）のための場所でしかないのか、そして就職後も目にみえぬ試験は次々と続くのである。ああ　春さきの、受験期の、埃っぽい、陰惨な、そしてどこか不毛な空気はいつまでも日本人につきまとうのである。

三田文学編集長として

ある月曜日、私が三田文学の編集室でスタッフと打ち合わせをやっていると、学生が飛びこんできて、

「知ってますか。早稲田も早稲田文学をいよいよ、出すことになったそうです」

すると編集室にいた十人ほどの連中が、

「ほォ」

と声をあげた。

「これは大変だ」

と私も叫んだ。

「強力なライバルが出てきた。負けられんぞ。これは」

みな、真剣な顔をしてうなずく。

「すると、今まで三田文学に書いていてくれていた早稲田系の人たちは、もう執筆してくれな

いでしょうか」

と誰かが私にたずねた。彼だけではなく、その心配はみなの頭にすぐ、浮かんだことにちがいない。

というのは三田文学は私が編集長になってから、秋山駿氏に「私の文学を語る」という現代作家との対談を毎月、おねがいしている。上総英郎氏や宮内豊氏のような新進の評論家にもたびたび作家論を書いて頂いている。氏原工作君も小説を発表している。こういう早稲田出身の執筆陣から大いに協力していただいてきただけに、もし今後、お力添えして頂けなくなると、大打撃といっていい。三田文学の編集室に一瞬、困ったな、という気持が起ったのも事実だった。

しかし、私は少し考えて、

「心配いらん」

みなを安心させた。

「三田文学はむかしから、早稲田の作家たちが随分、寄稿してくださったのだ。井伏さんも丹羽さんも、むかしの三田文学に書いてくださったという話もきいている。雑誌には三田文学、早稲田文学はあっても、文学自体に学校はないんだから」

そして十二月号の「新潮」をみると、早稲田文学の編集委員である高井有一氏が私と同じ気持を書いて下さっているのを読んで、非常にうれしく思った次第である。

私たち三田文学としても早稲田文学の再刊によって、張りができたというのも事実である。何事にもそうであろうが、よき競争相手をもつことは、こちらの励みにもなり、刺激にもなることであるから、我々は早稲田文学に注目し、それに負けぬ編集をやっていきたいと思うのは当然であろう。それと同時に、我々はこの雑誌に他の雑誌とちがった連帯感と親しみを既にもっているのも自然の気持である。仲良く助けあっておたがいの雑誌を成長させていきたいし、時にはおたがいの編集スタッフで飲みたいものだ。

とはいえ、私自身は来年の一月には、編集長としての仕事を終える。今後の三田文学は編集人の名だけは私だが、実際はあたらしい若いメンバーがやることになるだろう。

自分の口から言うのも変だが、編集の仕事はやはりかなり気苦労がいった。早稲田文学の編集委員の方たちも今後あれこれ大変だろうと思う。校正一つ、広告一つでも素人の我々は先輩の専門家たちに教えられても、なれるまで時間もかかった。執筆者の方たちにも迷惑をかけることが幾度かあった。しかしやはり毎号、雑誌が店頭に並べられると、何回もそこに行って、買っている客をみると飛びあがるほど嬉しく頭をさげて礼を言いたい気持になったのも事実である。

よき競争相手、早稲田文学の発展を心から祈る。

「新潮」への希望

今の若い人たちは幾歳ぐらいから純文学雑誌の存在を知るだろうか。私にはよくわからないけれど、たとえば読者から時々もらう手紙などを見ると高校生で既に「群像」や「新潮」を読んでいる人がある。

私などの場合はながい戦争というもののおかげでそんな年齢に純文学雑誌を見る機会はほとんどなかった。私は太平洋戦争中、慶応の予科生だったがその頃の本屋に「新潮」が売られていたか、どうか、全く記憶がないのである。これは私だけではあるまい。同年輩の連中にきいてみねばわからぬが、彼等も大体同じようなものではないだろうか。

もっとも「新潮」の名は新潮社の名前で中学の頃から知っていた。中学三年の時、当時、駒場の一高に行っていた兄が夏休みに帰省してこの雑誌をシンコクな顔をして読んでいたのを憶えている。当時の旧制高校生はよく夏休みに岩波文庫版のカントや西田幾多郎の著作をシンコクな表情で読む習慣があったらしいが、兄の場合もその例にもれなかった。彼のシンコクな表情はいたく私の好奇心をそそったので、面白いのかとたずねると、彼は傲然として面白いと答えたのを憶えている。そんなに面白いならと私は彼の留守の時、その雑誌を開いてみたが、いかんせん漱石の「坊っちゃん」ぐらいしか読んだことのない中学三年の身には一向に面白くなく、十分もしないで放りだしてしまったようだ。もちろん誰が執筆していたか記憶はない。

だから「新潮」を私が進んで買ったのは戦後ずっと後になってからである。正直いって戦争直後の「新潮」はあまり記憶がない。本屋の店頭でも「思索」「個性」「人間」「近代文学」「群像」「文藝」などははなばなしく若い者の眼をひいたように思うが、今、頭の角を一生懸命たたいてみても「新潮」が果してあの時、並んでいたか否か、申し訳ないが思いだせないのである。あるいは既に復刊されていたかもしれぬが、当時、戦後派といわれる評論家や作家は、今のべたような雑誌に主として執筆していたから、若い学生はそちらのほうに気をとられていたのかもしれぬ。「新潮」が徐々に戦後の読者を獲得していったのはそれ以後と思うが間違いだろうか。

私自身について言えばこの雑誌に初めて執筆したのは芥川賞をもらったその月で、三十枚の「コウリッジ館」という小説だった。

編集部の田邊氏が突然たずねてこられて小説を書けと言われた時、私は中学時代の夏の日、自分が開いた最初の「新潮」のことを思いだした。あの「新潮」はなぜか、ずっしりとぶ厚く、手に重かったような気がする。あの雑誌に十数年後の今日、小説を書くのだなと思って、恥ずかしい、嬉しい気がした。

この間「群像」が二百号を出した祝賀会があったが「新潮」の場合も同じように、もともと採算のあわない純文学雑誌を出しつづけることはその社と編集部にとってはやはり大変なことであろう。

大変なことを承知で、私は「新潮」に注文を出したい。それは、戯曲と評論と詩とにもう少し頁をさいてくれないか、と言うことである。もちろん、私は戯曲と詩とが頁をとるわりに読者のつかないことを知っているし、評論があまり一般読者によろこばれないことも承知している。しかし他の雑誌にくらべると「新潮」の場合は戯曲や詩があまり掲載されないような気がするがどうか。

評論も小林秀雄氏の連載を除いては、散発的に読ませてもらっているが、しかしその多くはクリティックというよりは、メモワールというほうが「新潮」には多いような気がする。

それから座談会のようなものがほとんどないのも「新潮」の特性だが、時々は従来の日本の座談会のようなものでなく外国の討論発表のような形で読みたいなあ、というのが私の平生からの希望である。

外国の討論発表というのは仏蘭西なんかでよくその結果を単行本にして出しているのを読むが、一人一人が「文学と性」なら「文学と性」という題で自分の意見の骨子を三頁ぐらい発表しあった後に討論形式に入るやりかたである。この方法をつかうと、討論者が相手の思想の骨子を初めからつかまえた上で討論に入れるので、読者にも当事者にも理解がしやすいのだ。日本の座談会というのは、なんといっても即興的な雰囲気がどこか挿入されてくる。即興的な雰囲気というと語弊があるが、文字通り「座談」となって座談の面白みはあっても火花をちらす討論という興味がない。一人の意見に他が押しきられたりするのはなにも語り手の罪ではなく、ただ口上手、口下手のせいであることは座談会に出た者がよく味わうことだ。だから文学的テーマをきめて外国の討論形式を使った座談会なども「新潮」でやってもらいたいと思う。

それから私は日本の作家や批評家や詩人などにその人が愛好した外国作家の短篇や詩などを訳してもらい、それを「新潮」が掲載してくれないかと思う。

これは別の場所でも書いたことであるが、外国文学者の訳したものは語学的には正確でも文学的には不正確である場合がある。またその翻訳には一人の文学者と今一人の文学者の個性と個性のぶつかりあいというのがないのである。私は翻訳小説とか訳詩にはこういう、ぶつかりあいのバシバシという音、相手を自分の世界にねじふせようとする意図があるほうがやはり好きだ。

だからA作家が向うの作家Bの短篇をどう「屈折して」訳すか、どういう日本語をこの場合えらぶかという面白さは外国文学者の訳文にはほとんど見られない。「新潮」にたとえば小島信夫に米国の若い作家のものを訳してもらったり、武田泰淳氏に氏の愛好する中国短篇を翻訳してもらったりするような試みがあれば、これはたしかに面白いにちがいないと思う。

Ⅲ

狐狸庵自動車コリゴリの記——運転歴一年、ムチ打ち症にかかるまで

情けない助手席の私

よく見かける風景だが、女房に車を運転してもらって、その後ろで、子供たちとエサをもらうヒナのごとく、チョコンと腰掛けている男——微笑ましいといえば微笑ましいが、しかしこれ、何とも情けない話である。

私が昨年、一念発起して自動車教習所に通いはじめたのは、じつは、そんなわが身の情けなさから脱却したいからであった。

運転してもらうのはまだ良いのだが、いちばん閉口するのは、途中でエンコしたり、パンクしたりするときである。なにしろ電気のショート一つなおせん男であるから、いったい、オーバーヒートが何であるか、タイヤを取りかえるのはどうすれば良いか、まったくわからんので、ただ故障した車のまわりをウロウロするばかり。女房がハアハア言いながら

らジャッキーを動かしているのも阿呆づらをして見ていた次第である。そのうち、通りがかったオーナー・ドライバーや、目の前の店の主人たちが見るにみかねて、

「奥さん、俺がしてやるよ」

私のほうをジロリと見て、この無能力者がと軽蔑の眼差しを向けるときは、はァ、地中に消え入りたい気持ちであった。

もっとも、あとになると、私も作戦を考えて、パンクすればあとは女房に任せて、一目散、近くの電信柱のかげにかくれ、誰かが手伝ってなおしてくれると、ころあいをみはからってたばこを買い、

「何だ、俺がやってやると言ったのに」と、まず女房を叱る真似をし、そして、彼女を助けてくれた通行人には笑顔を向けて「これはスミませんでしたねえ。いや、私がやるつもりでしたのに」

などと言って、たばこを無理矢理にすすめるのであった。

しかし、どう考えても情けないことには限りなく、ついに意をけっして、家の女中さんを誘い、近所の教習所に出かけることにした。

やっとこ取れた免許証

この涙ぐましい運転技術の勉強は、すでに他誌に書いたことがあるので、ここでは割愛するが、しかしまァ、教習所では教習員もあきれはてた生徒であり、もっとも手数のかかった劣等生の一人であったろう。

二十代のわが家の女中さんは、さすがに若いだけあって、進歩も早く、はじめは同じだったのが、いつか追い抜かれて、向こうが颯爽と路上に出ているのに、私はまだ教習所内でモタモタしている始末。あまりのくやしさに、女中さんが寝静まった真夜中、ひそかに近所の小学校の校庭で、女房に連続特訓を受けたことなぞ、いま思い出しても落涙を禁じえない。

こうして、やっと、ながいながい苦難の道のすえ、府中試験場の電光掲示板がババンのバンとわが受験番号を表示したときは、いやはや、なんとも言えん気持ちだった。

人間バカなもんで、免許証を取ると、妙に自分が颯爽となったように思える。風車を敵の軍勢と間違えたドン・キホーテではないが、私は一か月後、あるいは二か月後、銀色のスポーツカーに乗って高速道路を疾走している「カッコいい」わが姿を空想し、思わずニヤニヤと笑ったぐらいである。

カッコいいそのイメージを実現するためには、まず、車を手に入れねばならぬ。なにしろ、わが家で、山の神がご使用あそばされている車は中古も中古、ポンコツ寸前のブルーバードで、しかも、掃除手入れを一切やらぬようだから、いつか三浦朱門が遊びにきたとき、

「ひゃァ、ゴミタメみたいな車だなあ」

と叫んだぐらいのしろものである。

あんな車を使っていたなら、カッコいいはずはない。家に戻ると私は、ゼイタクだ、そんなお金はありませんよ、とわめく女房をしり目に、車のセールスマンに電話をかけた。もちろんすばらしい車を手に入れるためである。

カッコよさを夢みて

ところが、もみ手しつつ現われたセールスマンが鞄から取り出したカタログを見ると、格好いい車は、なんと目の玉の飛び出るような値段である。おまけに、四段のフロア・ギアとかいうワケのわからんギアで、女房は大反対。しかし、この女は、結婚以来、私がなんかしようとすれば、何でも反対するのであるから、きょうも、いっこう意に介さない。

「なあに、やればすぐ覚えられるものでしょ」

「もちろんそうでございます」セールスマンは大きくうなずき「やはり、先生のように勘のある方は、上達が早うございますよ。幸い、私、ここまで四段ギアの車で参りましたから、ちょっとおためしになりませんか」

彼のすすめるままにその車に乗ってみると、どうだろ。免許証を取ったばかりだというのに車がまったく違うと、教習所で習ったことはすべて頭から消滅し、ギアは勝手が違うせいか、何が何やらわからなくなって、ガチャガチャやっているうち、前進している車が突然バックしはじめ、

「危いッ」

そのときは電信柱にどうやらぶつからずにすんだが、セールスマンはもう絶望的な顔をして、

「先生は……ノークラがおよろしいんではないでしょうか」

「ノークラとは何ですか」

「ギアのいらんノー・クラッチの車です。まァ、遊園地にあります子供の電気自動車と同じに考えていただければよろしいので」

はなはだしく不満だったが、いまの運転で自信喪失のうえ、山の神に押し切られるまま、ノー・クラッチのカローラの契約書に判を押してしまった。

しかし、そのときだって、必ずしも夢が消えたわけではなかった。ノークラであろうがボンクラであろうが、颯爽と市中を走る、わがイメージは心から消えず、予約するカローラの色も、年がいなく真っ赤なものを注文したほどである。

ところが二週間後、いよいよボンクラのカローラ、いやノークラの真っ赤なカローラを入手してみると、颯爽どころか、夢ことごとく消えてしまったのである。当時の日記を、お恥ずかしい話だが、そのまま写してみると……。

女性の声援に大クサリ

某月某日

車入手。大悦びで妻のとめるのもきかず、免許証をポケットに入れ、近所をぐるりと運転することにした。自分にとっては初めての単独運転である（いままで、山の神か教習員がいつも助手席にすわっていたため）。

二十キロのスピード。三十キロ以上はとても恐ろしくて出せず、向こうに人がいればブレーキをかけ、子供が遊んでおれば「母親は何してるんだ」と車中でやきもきし、そのくせ、わが運転を誰か見てくれんかとキョロキョロしながら家まで戻ってみると、なにやら車内こげくさし。サイド・ブレーキをおろすのを忘れて走っていたのである。

某月某日

本日はクサるような出来事があった。私が免許を取って車を買ったことを付近の人ももう知っているらしく、運転していると、道で遊んでいた子供を、一人の母親が脱兎のごとくかかえて、

「あの赤い車が来たらすぐ逃げるんですよ。気をつけなくちゃ駄目よ」と教えている声が耳にはいり、まったくクサってしまった。そのうえ、商店街近くまでやっと運転していくと、夕飯の買い物をしていたご近所の若い奥さまたちが、

「しっかりィ」

運動会に出たわが子を応援するように声をかけるので、ますます大クサりであった。

某月某日

はじめて都内まではいってみた。恐ろしいこと限りなし。教習所での路上運転は、人通り少ない町田市の裏路ばかり走っていたし、いざとなれば補助ブレーキを踏んでくれる先生が横にいたから、どうやら安心してできたが、助けてくれる人もなく、都内のすさまじい車の洪水にまぎれ込むと、手足がなえて立ちすくんでしまった。なにしろ左右、斜めか

ら突入してくるタクシー、その車輪だけでこちらの車の高さもあるトラック、威嚇的警笛の渦に初心者はもう、どうしてよいのかわからず、
〈助けてくれえ。だれかこの車を何とかしてくださいッ〉
と叫びたくなり、いっそ、車をほうりだして電車で帰ろうかと思ったぐらいであった。

汗ビッショリで帰宅

恐ろしさのあまり三十キロぐらいで走っていると、後ろの車からピッピッと促されるし、追い越すたびに「下手糞ッ」と怒鳴られるし、もう車なんてイヤだ。そのうえ、夕方がきて他の車はみんなライトをつけはじめたのに、こちらはライトのつけ方がわからず、まったく心細くなり、ついにガソリンスタンドにはいって、

「この車は友人のですが、ライトのつけ方が特別らしいのです。ちょっと、みてください」

と頼む始末。ガソリンスタンドの主人は、ちょっとさわって、

「他の車と同じなんだがねえ」

妙な顔をして人をみる。顔から火が出るようである。そのまま走っていると、こんどは向こうからきたコロナから、

「ライトを下向きにしろッ、迷惑だッ」

「すみません」

またしばらく走っていると、追い越したタクシーの運転手氏が、

「おい、危《あぶね》えぞ。半ドアだ」

「すみません」

こうなると、もうどうやってよいかわからず、汗ビッショリで帰宅。ガクッと疲れて寝てしまった。十時ごろ、隣家のむすこさんから電話あり。「お宅の車のライトがつけっぱなしですがいいんですか」仰天のあまり車の灯を消すのを忘れていたのだ。

これがそのころの日記の一節だが、読者の中には、ひょっとすると「じつは僕もそうだった」「あたしも遠藤さんと同じよ」と思いあたる方もおられるのではないか。「僕はそんなことはなかった」って？　嘘つき給《たも》うな。

とにかく、これで私のカッコ良い夢は、いっさい破れてしまった。だいたい、いい年をして若い者のように車に乗ってカッコ良いはずはないのである。

ただいま病院通いの身

そのころ、某週刊誌が何を思いけん、私に佐渡をドライブして、そのドライブ紀行を書

くように命じてきた。頼むほうも頼むほうだが、引き受けた私もよほどバカで、その週刊誌の記者と佐渡まで出かけたが、借りてきたレンタカーで半時間走ったものの（佐渡の道は、ほとんど車はなく、教習所のコースと同じぐらいであった）、私の見えたのは車の前方の道だけ。なにしろ右左の景色を見る気持ちの余裕はないし、もし見れば、車はたちまちにして田の中に突っ走りそうだから、しかたなかったのである。記者氏はあきれはてて、しかたなく自分で運転してくれたが、あれでは、とてもドライブ紀行など書けるわけがない。

あれから一年、私はどうなったか。現在の私はあわれにもムチ打ち症にかかり、病院通いという情けない身である。自分ではとても自信がないので、学生に運転を頼んだところ、これがトラックにぶつかり、私はいまでも手がしびれる。車はもうコリゴリだ。こんなものを発明したやつがまったく恨めしい。

同乗者をつのる

運転免許証をとってから、まだ一年にしかならない。ノークラッチのカローラを使っているため、ギヤありの車は全く運転できぬ。最高速度四十キロ。私の友人が「スピード違反でつかまった」と威張っているので、事情をきくとあまりノロノロ走っていたため交通を麻痺させ、お巡りさんに叱られたというのだ。しかしそれでもスピード違反でつかまったと言えば、一見いかにもうまそうにみえる。私もこの男と同じような一人である。

自動車で遠くに行っても、帰宅して思いだしてみると、風景を全然みていない。風景をみるだけの余裕がないので私のおぼえているのはただ一本のアスファルト道路だけなのである。だからドライブをしても全く意味がないのである。

友人はもちろん、今のところ誰も同乗してくれぬ。「お前の車に乗りたいが、女房がゆるしてくれんのだ」と気の毒そうに言う。一度、だれかを乗せたい。家の息子だって一緒に乗ってくれない。

自動車教習員よ、横暴になれ

かつて自動車教習所の教習員たちの横暴を怒って、それを随筆に書いたことがある。私自身は今から十年ほど前に目黒の某教習所に運転をはじめて習いに行き、その教習員たちの無礼と尊大な態度にすっかり腹をたてたのであった。

運転のウの字も知らぬから、授業料を払って習いに行ったにかかわらず、「ふん、こんなことも知らぬのか」とか「右といったら右。右と左の区別もあんた、つかないの。右は箸《はし》をもつ手の方。左は茶碗をもつ手の方。赤ん坊だって知ってるよ」と年上の人間をつかまえて言いたい放題。腹のなかがにえくりかえる気持だった。

二日目に直進でノロノロと走っていると、「おい。勇気をだせよ。人生には勇気って大事なんだぜ」と言われ、あまりのことにカッとなって、「私はね、あんたのような若僧に人生について習いにきたんじゃないのサ」と言って練習車をそこに放りだしたままスタスタ戻ってきてしまった。以来、長い間もう車など二度と習うものか、と思ってやめてしまったのである。

私はそういったことを随筆に書き、かくもガラの悪い教習員たちは、断じて教習所から追放しろとのべたのであった。

だが、今から三年前、「近頃の教習所はそんなことも少なくなりましたよ」と人に言われ、色々な理由も諦めて、再び近所の教習所に出かけたのである。

すると成程、一昔前のことが夢のように教習員の態度が変っている。「いらっしゃいませ。どうぞ」まずそう言ってくれる。教える口調もやさしく、丁寧で、時にはデパートの店員が品物について説明しているような感じである。

それは十年前とちがって、あちらこちらに教習所が雨後のタケノコのようにできたため、必然的にサービスがよくなったにちがいない。送りむかえのバスもあるし、昔のように自分の番のくるまで半時間も一時間も待つことはない。したがってよほどの人でない限り、免許をとりたいと思えば、とれるようになってきたのである。

だが、そのおかげで、何と素人の下手な運転による事故が多くなったか。私の一家でも妻の父が車にはねられ、私と子供が追突をうけ、共にかなりの期間、病院通いをしなければならなかったのである。

以来、私は自分が運転することはほとんどやめてしまった。もし万一、よそ様の誰かに大怪我でもさせたら、一生、とりかえしがつかぬからである。それにしても、職業その他で車を運転せねばならぬ立場でもない男女が、いかに多く車を運転していることか。男はまだいい。危ないのは女性である。

私はそれゆえ、前言をここに訂正する。教習所は昔にかえれ。教習員はふたたびイジワルになり無礼になり、習いにくる客を中途で嫌気がさすようにしてほしい。もう自動車など習うものかと思わせてほしい。特に女性と若い連中にはできるだけ辛くあたってほしい（ただし、中年以上の男は今まで通りに。なぜなら素人ドライバーでも中年以上は比較的正しい、穏和な運転をしているのである。これはタクシーに乗っても、中年の運転手の車はたいてい安全であることでもわかる）。

このようにして、現在、ウンカのように教習所におし寄せる男女にストップをくわせなければ、素人のドライバーはさらに増大し、東京の交通麻痺は手がつけられぬようになり、年々事故は多くなっていくのである。ましてケッカン車などを素人に運転させれば、どういうことになろう。

教習員諸君。嫌味の限りを言え。悪口雑言を吐け。そして彼等《かれら》を怒らせよ。それに怒るような生徒は、それだけで短気者であり、短気者は自動車事故を起しやすいのである。

ぼくこそ紳士である

――あなたはパーソナル・チェックというのを用いておられますか。

札入れを三度落し、二度スリ君から国電のなかでスラれた小生には、ダイナースクラブのような会は便利この上もないので、入会しています。ただし、あのクラブ会員カードを見せる時、必ずと言っていいほど店員から「この人、本当の会員かいな」というような顔をされます。もしくはそんな顔をされるという不安と劣等感にその都度悩まされている。

――カクテル・パーティーであなたはつねにスピーチさせられますか。

つねにスピーチさせられません。文壇のパーティーなどでも隅の方で友人たちとゴソゴソ小声でしゃべり「ちえッ、あの人はくだらんこと言ってるよ」などと悪口を言っている陰険組の一人です。

――洋服をシーズン一着は必ずつくりますか。

つくります。と言えば友人たちはみなウソだと言うでしょう。しかし本当です。ただぼくはいつも同じ色の同じ生地で同じ型の洋服しかこしらえませんので、いつも同じ洋服をきているようにみえる。しかし、いずくんぞ知らん、これこそ、最高のおシャレなりと自負しているのです（友人曰く、ほんとかね）。

――あなた宛にホルモン剤の見本が送られてきたことがありますか。

ホルモン剤の見本は時々、送られてきましたが、みな二粒か、三粒しかないのが残念です。きくか、きかぬかわかりませんが、遊び半分に見本を飲んだことが一、二度ある。別段、そのため、体調に変りなかったが、あれは二粒か、三粒のせいか。

――あなたはＹシャツを一日着たら洗たくに出して取りかえますか。

毎日、出勤することのない家内労働ですから、外出の時だけ、家人の出してくれるＹシャツを着る（と思う）。

――あなたは就職の世話をしたことがありますか。

就職の世話も仲人もしたことなし。就職の世話はともかく、結婚式で仲人の席にたちたいという願望は心ひそかにあるのですが、だれ一人として申し込みをしてくれぬから、仕方なし。

——あなたは人間ドック入りをしたことがありますか。

人間ドック入りしたことなし。大病の経験があるので、これ以上、病気をわざわざ見つけてもらうのはもうゴメン。

——あなたは行きつけの床屋さんに行って、だまってすわれば、ちゃんといつものように刈ってくれますか。

行きつけの床屋さんなし。行きあたりばったりです。行きつけのすし屋は一軒しかないが、あの店でもだまってすわると、だまって好きなものを出してくれるという自信は全くなし。

——あなたの奥様はＰＴＡの役員をしておられますか。学校へ着て行くのはキモノですか。

やっていません。洋服じゃないかな（気をつけたことがないので、よくわからない）。

——ゴルフをもちろんおやりでしょうが、一番からスタートする時に、必ず舶来のニューボールをお使いになりますか。

ゴルフはやらない。安岡章太郎と一度やりかけたことがあるが、教えてくれた柴田錬三郎氏が百二十回も棒をふらせたのでヘトヘトになり、二人でビッコをひいて帰ってきた。あの思い出のため、ゴルフはやらない。絶対に！

ウマイぞッ

長崎にタナカヤという有名な婦人服専門店がある。大体、長崎には色々な意味で口のこえた人が多いらしいがタナカヤの主人もその一人である。私は彼から長崎のある寿司屋につれていかれたが、この寿司屋の御主人がまた京大を出て会社社長までやったにかかわらず、食道楽のあまり、遂に事業もやめて自分で寿司を握りだしたという人物であった。

その時、私はこの二人からカラスミのうまい食べ方を教えてもらった。カラスミを二枚非常にうすく切って、その二つにこれもうすく切ったニンニクをはさむ。そして歯のさきにからみつくように嚙りながら、チビチビと酒をのむ。

「まあ、だまされたと思ってやってごらんなさい」

二人にそう言われて、私は早速、ニンニクをうすくはさんだカラスミを味わってみると、なるほど、なんとも言えぬ風味で実にうまい。更にこれで酒をのんでみると、オツなんだなあ。

その時、この寿司屋の御主人から自分の作った酒のサカナだがと言ってあるものを出された。これはダイダイを干して、それを細かく切り、三日間、毎日一時間、醬油で煮たものである。食べてみるとダイダイのヒリッとした味が舌にとろけそうな甘みにまじっていて、いやもう、こたえられない。

「こいつを、あつい御飯にのせて食べるとこたえられませんよ」

とその御主人は説明してくれたが、聞いただけで、あついホカホカとした白い御飯が眼にうかび、それにこれをのせて食べた時のうまさが思いうかび、不覚にも舌なめずりをした次第であった。

ダイダイはともかく、うすいカラスミにうすいニンニクをはさんで、皆さん今晩やってはいかが。

エイプリル・フール

私事にわたって恐縮だがぼくとぼくの仲間の若い作家には「ウソくらべ番組表」というのがあって、毎年四月一日、エイプリル・フールの日を本場所ときめている。

この本場所の朝八時から夜の十一時までの間に一番みごとに仲間に一杯くわせたものを横綱とし、それ以下、成績にしたがって三役をきめるわけだ。昨年の横綱は若い作家とはいえぬが我々の親しい先輩である梅崎春生氏であった。もっとも今年はこの横綱は少し健康を害して休場を申込まれているから、新横綱は別の人に渡るだろう。

こうした我々のウソくらべ取組にはルールがある。それは、

（1）親しい友人のみに限ること

（2）ウソはユーモアがあるべきこと。いやしくも他人に不安感や恐怖を与えざること

（X君が死んだ、などというウソは絶対にいけない）

（3）仕事を使ってウソを言わざること（出版社、新聞社の名をかたりウソをつくべから

ず）

（4）ウソを翌日まで持ち越さざること

の四つである。

ウソというのは古来、君子のなすべからざる悪徳であるといわれている。だがそんな大袈裟な道徳律をふりまわさなくてもウソやホラはそれなりにいい所もあるのだ。我々若い作家が今日なお四月一日をたのしみにしているのはあの苦しかった戦争中の思い出があるからだろう。すべてが息がつまるような時代の中で我々は明日、学徒出陣で兵営にいく不安や毎夜の空襲の恐怖にさらされていたから、勤労動員の工場の中で僅かな休み時間を利用してウソの世界をつくりあった。ウソの世界、架空の世界の中では、すべての人々は善良でお人好しで、お互いに傷つけあうこともなく、そして空は碧く、花々が咲き乱れ食物も豊かにあることになっていたのだ。

「マンジュウなども山のように店屋にあるんや」と誰かがつぶやくと、雑炊で腹の飢えたぼくらは眼をつぶってその白いマンジュウを思い浮かべることもできたわけだ。そうした経験を経た我々はウソが決して苦しい世の中を生きるためには無駄ではなく、時には一つの祈りにも似た価値をもっているとさえ思っているわけである。

柳田国男先生の論文によると、むかしの日本人はやはりウソくらべを大いにやっていたくい世の中に一息ついた彼等の心情を柳田国男先生はほめていられる。こうしたウソの効用が今なくなってしまうのもやはり寂しいではないか。四月一日は大いに活用すべし——みなさん、如何なものでしょうか。

ズボンの膝

外出をする時、家人からいつも「ズボンの膝をぬかないで下さいよ」と云われる。家人にとっては、せっかくアイロンをかけ、プレスをつけたズボンが、すっかり駄目になるのがとてもいやであるらしい。

僕自身も、膝のぬけたズボンをはくのは決して好きなわけではないから、できるだけ外出先で注意するのだが、日本の家屋、必ずしも椅子に腰かけるとは限らないので困ってしまう。座談会などは大体、料亭で行われるから、いくらあぐらをかいても、ズボンの膝はどうしてもぬけてしまう。まして先輩の家を訪れた時などは、礼儀の上からきちんと膝を折らねばならぬから、洋服の型がすぐに崩れてしまうのは已むを得ないのである。

ズボンの膝ぬけを防ぐ器具をもし発見した人がいたならば、それは表彰に値すると思う。僕も寝床の中でいろいろ考えてみるのだが、どうも妙案が浮ばない。読者の中で好い智慧をお持ちの方は居られないだろうか。

テレビ第一号

ぼくの家には今、万金を出しても買えない超特大二十四インチのテレビがある。これはテレビが米国にはじめてできた時、かの有名なイーストン・エレクトリック・カンパニイが試作したもので、これによってテレビが全世界にはじまったという第一号級のものです。その大きさたるや大型電蓄以上あり、その音たるやウワバミのいびきの如きであり、映像は観客の想像力を補えば完全に見えますから心配はいりません。ぼくの小さな家では大きすぎて始末に困るので、大変、惜しいのですが、どなたかにおゆずりすることにします。梅崎春生氏、山本健吉氏、安岡章太郎氏などにもお願いしましたが、お子さんの勉強に差支えるからと断わられましたので。値段は新年でもありますから、一万円以下で結構です。

Ⅳ

恐怖の一夜

幽霊屋敷の昨今

ぼくのように好奇心の強い男は幽霊がいるのか否か、いつもためしてみたい気持がある。そこで二年ほど前、ある週刊誌を通して全国にある幽霊屋敷、もしくは現在幽霊がでると噂されている家や場所を調べてもらった。

ところが、面白いことにはあるようで、なさそうなのがこの幽霊屋敷なのである。北は東北から南は九州までそれらしい噂のある家や場所もいざ現場でつっ込んで聞いてみると「二年前まではそんな事件があった」とか「あるにはあったがその家は今は解体してしまった」などと段々、話があやしくなるか、小さくなる。

それでも、まあ幾つかの幽霊屋敷を歩きまわってみた。たとえば名古屋の中村遊廓のあとにある有名な幽霊屋敷――ここでは大正時代から夜の午前零時になると時計が停まるという。目覚し時計も懐中時計もみな零時に停止するという話である。なんでもむかしこの家に恨みをもった時計屋の小僧が自殺して、そのたたりが残っているからなのだそうだ。その他もろもろ尋ねまわってみたが、どれも今の話と大同小異、意気ごんで探検しに出かけたぼくもガッカリせずに帰ってこないことはなかった。

では、そのぼくは幽霊は存在しないと断定するかと言えば、そうではない。日本では一度だけ——たった一度であるがぼくを幽霊らしい異物に出会わせた例の熱海事件があるからだ。

二人が同じ夢

例の熱海事件というのは三年前の冬、十二月の終りに、作家の三浦朱門と熱海に出かけた時のことである。

熱海に出かけたと言っても、始めからこの湯の町に遊びにいくつもりではなかったのだから泊まるべき宿屋もきまってはいなかった。夕暮、もう暗くなりだした駅前の広場を線路にそって少し山の方に登ったところに一軒の別荘風の宿が目にとまったから三浦とそこに一夜を送ることにしたのである。

竹やぶにかこまれた離れがあって、夜、町であそんで帰ると女中がそこに布団をしき水差しをおいて待ってくれていた。床に腹這いになって三浦と雑談したのち灯を消したのが十二時すぎである。

断っておくがこの時、我々の頭には幽霊などのことは全くなかったし、体の具合も決してわるくなかった。

ところが、ぼくはウトウトとするか、しないかのうちに胸に重くるしさを感じ、だれかが耳もとで俺はここで死んだのだという嗄《か》れた声をきいたのである。

目がさめた。もちろんこの時は悪い夢をみたと思った。またウトウトとする。胸に石を乗せられた感じと「俺はここで死んだ」という声をきく。これが三度、くりかえされたのだ。

余りのことに流石のぼくも隣で寝ている三浦に声をかけた。ところがその三浦が悲鳴のような声をあげて、

「俺もみたんや」と言ったのである。

三浦は三浦で、眠りにつきフト目をさますと我々二人の寝床の間に灰色のセルを着た若い男がうしろ向きに坐っていたのである。

始めは幻覚かと思った。だがこれが二度、くりかえされた時は恐怖で胸が一杯になった。その時、ぼくが声をかけたのだった。

我々の歯はカチカチとなり、体は恐ろしさでこわばり、一、二分の間はジッと黙ったまま「逃げる」という考えが頭にうかばない。やっと這うようにして外に飛び出た時、二人は庭の樹の根に白い液体を吐いたのである。

読者はこの体験をどう思われるだろう。ぼく一人なら幻聴とか錯覚ということもありえよう。三浦一人なら幻覚ということもありえよう。だが二人の人間が同じ時刻に同じものに出会ったこと、これをどう解釈したらよいのだろう。

快男子コンケイ

コンケイこと近藤啓太郎とももう十数年のつき合いだ。彼を奇人と言えば失礼だが、癖のない人間だと言えば友人たちは承知すまい。

私はコンケイの顔をみるたび、「泣く子と近藤には勝てぬ」という言葉をいつも溜息をつきながら考える。これは私一人だけではなく、友人たちも同じ気持だろう。そのくせ誰も彼を憎む気持にはなれぬ。まこと、ふしぎにして得な人物だ。

その例を一、二あげようか。彼は千葉鴨川に住んでいて時折、東京にやってくる。東京にやってきて「のなみ」（彼の定宿）に泊り、友人たちに電話をかけてくる。

「ああ、俺だよォ」彼は塩辛声で私に言う。「俺は今度、鴨川に家を建てたダ。景色がいいところだぞ、遊びにこいよ、なァ」

「へえ。そうかい。そりゃおめでとう。新築祝いを何かしなくちゃいけないね」

「そのことだがよォ。お前には机を買ってもらうことにきめたダ。お前が買ってくれた机で俺が仕事してやるからよォ。のなみのおかみと半分ずつ机代を出せよォ」

「机をねえ。いくらの机だい」

「そりゃもう、お前が心配せんでもいいように俺が見つけておいたから、気らーくゥな気持で買ってくれよ。五万円の檜《ひのき》の机だよォ」

「ヘッ、五万円の机」

「そうだよォ。お前ぁ二万五千円、出せばいいのだよォ」

　私は自分の使っている学生用の腰かけ机を情けない眼で見つめ、近藤がその五万円の檜机にむかう姿を想像したが、しかし「泣く子と近藤には勝てぬ」のである。絶対に勝てぬのである。

「だから、のなみのおかみにお金を送っておけばいいのだよォ。わかったかい」

「わかり……ましたよ」

　だが受話器を切っても恨む気持は少しも起きぬ。むしろおかしくてならぬのである。理由はなぜかわからない。

　この「のなみ」からある日、近藤は吉行淳之介のところに電話をかけてきた。

「俺、財布を鴨川に忘れてきたから、お前金かしてくれ」

「いくら、いるかね」

「そうさナ。〇万円かりようか。お前、車があるんだから、ここまで、それ持ってこい」

「貸すほうがわざわざ持っていくのかね」

「え？　何だって。お前、車があるんだろ。持ってこいよ」

仕方なく吉行がたのまれた金を持っていくと、近藤は浴衣を着てあぐらをかき、毛ずねをボリボリかいていたが、

「持ってきてくれたか、有難う」

「じゃあ、俺、帰る」

「帰るんだったらよォ、吉行、その持ってきた金の中からよ、二万円だして、それで銀座のバアに寄ってよ、俺の借金、払っといてくれよォ」

泣く子と近藤には勝てぬ、あわれ吉行は金をわざわざ持っていかされたのみならず、帰途銀座にまわって、その金の中から酒場のツケを払いに行かされることになったのである。にもかかわらず、吉行には近藤を怒る気持にはどうしてもなれない。むしろおかしくってならぬと言うようにその話を私にしてくれた。他の人が近藤と同じことをやれば、いかに寛大な吉行といえども腹をたてるだろうし、ケチな私が引越祝いに向うの注文する机など買うはずはないのだが、それが近藤となると友人連中、その言うことを苦笑しながら聞いてしまうのである。

近藤の場合、なぜ、我々はこうなってしまうのだろう。それは彼にはコワいものがこの世にないからである。我々一般の人間は多かれ少なかれ、世間や女房にビクビクして生きている小心ものたちであるが、この天衣無縫の快男子には天の下、一つとしてコワいものがない。それが我々友人には羨しいような、たのもしいような気がするのである。

文壇の先輩たちにたいしても、近藤ほど天衣無縫に話しかける友人を私はあまり見たことがない。阿川弘之が近藤を師の志賀直哉先生のところに連れていったところ、恐縮している阿川の前で、近藤は志賀先生に実に気やすく話しかける。のみならず、志賀邸の昼食をたべながら、

「これはウメえなァ、先生、お代り、くれよォ」

と志賀先生を苦笑せしめた話は有名だが、しかし彼の場合は本当にウマイと思って言ったのであって、お世辞ではないのだから、このほうがはるかに饗応したものへの礼儀になっている。

こう書くと近藤が礼儀知らずのように思うかもしれぬが、しかし彼ほど思いやりのある人物もあまりない。私がかつて入院して長い療養生活を送らねばならなかった時、ベッドについて一時間後に来てくれた最初の見舞客は近藤であった。彼は、白い卵のはいった箱を出し、それから裸体の女を表紙にした雑誌を数冊とり出し、持ち前の大声で、

「この卵はダチョウの卵だあ。これさえ飲めば、お前はすごく力がつくぞォ、そして、この雑誌をみると、一日も早く退院したいという気力が起きるぞォ。だから療養に励むようになるダ」

　と言った。ちょうど体温をはかりにきた看護婦は、エロ雑誌をふりまわしているこの見舞客にびっくりして、早々に病室から逃げだしたが、彼の言葉はジインと私の心にしみた。

追悼

私の戯曲の師匠は芥川比呂志さんと言っていい。

そのいきさつについては他の雑誌にも書いたが、簡単に言うと二人で慶應病院に入院している時、

「お前、戯曲を書いてみる気はないか」

と言われたのがきっかけである。そのすすめにしたがって、作劇術のサの字も知らぬ私が書いた戯曲は、三回の書き直しの後に、劇団「雲」の役者によって上演された。もちろん、芥川さんの演出である。『黄金の国』という芝居がそれだった。

三度の書き直しの間、文字通り、手をとり足をとって戯曲について教えてもらった。私自身は、演劇というものは何らかの形で人間を越えたもの、超絶的なものと関係せねばならないと考えている作家である。そこが小説の世界と違うのだと思っている。この点について生意気な意見をのべたてたが、芥川さんは敢て反対しなかった。二作目の『薔薇の

館』の初稿を芥川さんに渡した時これはそれほど訂正されまいと思ったが、そうでもなかった。

『薔薇の館』は戦争中の軽井沢をモデルにしたもので、私は今でもこの戯曲には『黄金の国』と共に自信をもっているが、芥川さんに随分、削られた。言葉に随分、無駄があったのであろう。

初稿を訂正する間、芥川さんはそのスタッフと共に私の山小屋に一泊した。彼は背景となった軽井沢の教会を見に行き、スタッフと舞台装置を議論し、ヴェランダで私と共に戯曲の訂正を話し合った。病身なのによくこんなエネルギーがあるかと思われた。

夜になると彼は酒を飲み、議論をつづけた。酒がまわるにつれてからみ酒になった。芥川さんのからみ酒は有名で、それまで私もたびたび泣かされてきたから、今更、驚きはしなかったが、

「お前のような奴は家に帰れ」

と言われた時はさすがに仰天した。私は答えた。

「ここは私の家です」

この時だけは芥川さんは凹んだ顔をして黙りこんだ。

芥川さんの酒癖についてはいろいろな思い出話がある。彼がある芝居を観た後、出演者

と一緒に酒を飲みながら、俳優のA氏にからみはじめた。非力なくせにこれも酒癖の悪いA氏は、

「外へ出ろ」

と芥川さんに言った。やせ細った芥川さんは
「やろうじゃないか」

そう言って二人は外へ出て行った。

心配した誰かがあとをつけて行くと、二人は殴り合いでなく、抓《つね》り合いをやっていたと言う。

或るホテルで、プロレスの外人選手オースチンが女性連れで酒を飲んでいた。隣で坐っていたのが、芥川さんと現在劇団「円」の橋爪功だった。オースチンの連れの女性が芥川さんのファンだったらしく、彼にあまりに話しかけるので、オースチンがおこりはじめた。芥川さんは立ち上ると、拳闘の恰好をして
「カモン、ボーイ、カモン」

とオースチンに喧嘩をいどんだと言う。

この話を耳にした私はさすがにびっくりしてしまった。オースチンがちょっと腕を動かしただけで、芥川さんはふっ飛んでしまうに違いないからである。

「怪我でもしたら、どうなさるんです」

そう忠告したことがある。

そうした酒癖も、もう遠い昔のことになってしまった。病気が悪くなってから、芥川さんは外で酒を飲むということは、夢になってしまっただろう。からまれてもいいから、我々も芥川さんともう一度酒を飲みたかった。

先生にはじめてお会いした頃

「君たちの先輩に白井浩司君という優秀な人がいる」
と私たちは仏文科の時、当時講師だった佐藤朔先生に時々、そうきかされていた。

昭和二十年——終戦直後の三田は図書館も大講堂も焼け残った校舎の三分の一まで進駐軍に占拠されている状態だった。しかしふたたび勉強できるという悦びで仏文科に進学した私は、講義に出てみて真実がっかりした。楽しみにしていた佐藤朔講師が休講である。あとのI教授、G講師の子供だましのような授業のなんと詰らなかったことよ。

二年目にやっと待望の佐藤先生のジイド論がはじまった。そしてその頃一年後だったろうか、私は佐藤先生がNHKに奉職されていた白井浩司氏をたずねられた折偶然お供をしたことがある。それが白井先生にお目にかかった最初だったろう。

「白井君に仏文科に来てもらおうと思ってね」

帰りみち佐藤先生がおっしゃった。私はもちろん、サルトルの「嘔吐」の訳者である白井浩司氏の名前を知っていた。

「いつ、いらっしゃるんですか」

胸をときめかせてたずねた。白井浩司氏のサルトル講義がはじまれば、ジイド論以外、出席する気にもなれない仏文科がどんなに楽しくなるだろう。

「残念ながら君が卒業してからだね」

がっかりしたのは私だけではなかった。十人ほどしかいなかった仏文科の学生がみな同じ気持でそれなら白井さんに来て頂き我々だけでサルトルを読んで頂こうという気持になった。そして御承諾をえて「自由への道」を教えて頂くことがきまった。

原書が入手困難な時代だったから、私たちは白井さんから拝借した原書の一部を謄写版で印刷するため日曜日、永戸多喜雄氏の家に集まった（あれは永戸氏の家だったと思うが、記憶はたしかではない）。

そしてそれからしばらくして、放課後あいた教室を利用して白井さんに来て頂いた。先輩の白井さんはその日から私にとっても白井先生に変った。

我々が断りなしに（？）勉強していることをI教授が知って立腹された。私は無茶だと思った。

もう三十年前の思い出である。以来、三十何年、白井先生にはいろいろとお教え頂きお世話になってきた。三田に遊びにいくたび白井先生にこっそり読書会をして頂いた夕方のことを思いだす。

「黄金の夜明ける」——野間宏作　青年座公演

野間さん

「黄金の夜明ける」を完成されておめでとうございました。ラクの前日にぼくは拝見させて頂いたわけですが、それより数日前、偶然おあいした時、少し痩せられたようでしたね。しかしあれだけの力作を書かれれば痩せるのも当然です。戯曲って全くむつかしい。ぼくにも書いた一人として身につまされてわかります。

　ぼくも、今度初めて多幕戯曲を書いたので失敗はもとより覚悟の上でしたが、しかし小説で失敗した時のような後味のわるさは全くありません。むしろ戯曲のイロハのイの字も知らずに書いた本を田中千禾夫先生に演出して頂き舞台で俳優の人たちに演技してもらい、「ああここのセリフは演出のおかげでこんなにふくらんだ」「自分はこんな時の俳優の沈黙を考えていなかった」「観客はこんな所で笑うのか」など自分の舞台をながめながら、台本、演出、演技、観客の関係について目のウロコが剝けたように色々学ぶところが多うございました。この学ぶことがぼくにとっては今度の大きな収穫だったので、たとえ処女作が失敗でも今後ますます戯曲を書いてみたい。勉強してみたい。

話が自分のことになって失礼しましたが野間さんもきっと同感だろうと思います。実際、「黄金の夜明ける」をみてぼくをふくめた観客のすべてが感動したのは、あの舞台に千田是也という演出家と野間宏という作家が四つに組んだという充実感が溢れていたからです。

野間さんの台本も力作だった。あの台本も「現代芸術」に発表されたものを、更に千田さんの忠告をききながら、舞台稽古をごらんになりながら、二稿、三稿と手を加え、創られたという話を伺って、戯曲とはそういうものだとしみじみ思いました。

実際の話、これは一例ですがぼくなどは台本を書きながら俳優がこのセリフの場合、動くということなどやはり頭に入れずに筆を進めていました。しかし実際、舞台をみていると俳優は動いているのです。したがって静止の場合の無駄な会話や説明の会話が多すぎたと反省させられました。あるいは三人を舞台に登場させて二人に会話させ一人を沈黙させている時、その沈黙している俳優の生かし方を軽視していたことにも気づいたわけでした。田中千禾夫先生は演出によってそれをみごとにカバーしてくださいましたが、ぼくにはやはり学ぶことが多かったわけです。

また話が自分のことになって失礼しました。しかし野間さんの舞台を拝見していても心にうかぶのは自分の台本のことで、野間さんここはうまくやったな、ここの野間さんの台本は演出でこう生きるのだなと、身につまされながらみていたわけです。その意味で今度の野間さんの芝居ほど緊張しながら拝見した芝居はあまりなかったといえます。

野間さんは千田さんや青年座の人によって今度、随分、芝居を書く楽しさ、苦しさを味わわれたでしょう。そういう意味で野間さんの芝居は力のこもった台本と千田さんの演出と青年座の俳優の人たちの努力とが三つに組んで実に舞台にでていました。久しぶりに舞台とはこういうものだと味わわせられた三時間でした。けれども一番、今度舞台から養分を——今後戯曲家としての養分を学び、すいとったのは野間さん、あなたでしょう。これは図星でしょう。

イエス像には、人間が自らを投影できる何かがある

「ジーザス・クライスト＝スーパースター」は、言うまでもなくイエスを主人公としたミュージカルだが、それが日本の若い観客にもあれほど成功したのは、あの音響の素晴らしさと共に、そこに描かれているイエスに今の若い人々の苦しみや悩みが投影されているからにちがいない。キリスト教やイエスをモデルにした映画や劇はだいたいにおいて、日本では当らないと言われているのに、このミュージカルが人気を博したのは、かかって、その点にある。

私は投影という言葉を使ったが、人はそれぞれにおいて自らの夢や苦しみや悩みを投影できる相手を探すものだ。そして聖書とイエスとが長い世代にわたって人々の心をひきつけたのは、ユングの言葉ではないが、イエス像にはそれぞれの人間が自らを投影できる何かがあるからだろう。だから若い人々は「ジーザス・クライスト＝スーパースター」に自らたちを投影し、この主人公のなかに自らを発見しているのだろう。

聖書学者たちだって、その点は同じであ[redacted]近頃、イエスを当時の社会的被圧迫者を精神的にも社会的にも開放しようとした[redacted]命者イエス像としてみようとする試みや、人間の心の奥底にあり、人間をつつむ大[redacted]な生命の海をキリストとよぶことによって、仏教と基督《キリスト》教に共通性を発見しようと[redacted]る考えが次々と出ているが、そのたびごとに私はやはり、それらの説も投影を感じる。

私はイエスのなかに人[redacted]の同伴者というイメージを語ってきたし、またきびしく人間を裁いたり罰したりする[redacted]性的宗教を改革して、人間を愛し、人間と共に苦しむ母性的宗教の面を強調したイエ[redacted]ついてたびたび書いてきた。考えてみるとそれも私のなかの日本人的な面が投影した[redacted]エス論だったのである。だからこそ、日本でもたくさんの人たちの共感をえたのだろ[redacted]と自らでも考えている。

私はミュージカ[redacted]の「ジーザス・クライスト＝スーパースター」のイエス像が、いつも同じイメージであ[redacted]てほしくない。劇団四季スタッフの人生観が成熟するにつれ、この主人公のイメージは変わっていいとさえ思っている。イエスとはそのように、すべての人、すべての世代の苦悩をつつみこむ方だからだ。

私はロンドンではじめてこのミュージカルを見、そして劇団四季のそれは上演されるごとに欠かさず見ている。

願わくは右のような意味で、「ジーザス・クライスト＝スーパースター」が四季の古典となることを願うや切である。

椎名麟三

椎名麟三氏が、戦後文学者のなかでも、その一挙手一投足が、ぼく等《ら》若い世代の注目をひかずにはおれぬ程、時代の各課題に誠実にとりくんでいる作家であることは否むことができぬのですが、その作品を読んでいると、なぜか、所作の大袈裟、大袈裟といって悪ければ、演技の空転《からまわ》る俳優を思わせます。彼の本気さ、真剣さは毫も疑おうものではないし、その時代と人間とへの必死な探究にはふかく感動するのですが、なにか、鼻につくものがあります。その鼻につくものを、最近「文學界」で奥野健男氏がみごとに分析してみせてくれましたが、ぼくも、ぼくなりに、その点を一寸《ちよつと》考えてみたいと思います。勿論、ここで執りあげる批判は、たとえば左翼批評家が、氏の観念の不毛性についてしたように、「深夜の酒宴」のニヒリズムから今日の回宗に至る思想的道程にむけられるのではなく、その文学的方法にたいしてであることを、あらかじめお断りしておきます。

1

椎名氏の作中人物の取り扱い方には、一つの型ができてしまいました。数多い作品のなかで、彼はこの型を（殆どマネリスムになるほど）飽きもせず、使いまわしています。それは二人の奴隷が、たがいに憎みあいながらも離れることのできないという寓話の型なのであります。

「僕はときどき、僕の作品の人物が何故すべて庶民階級や、或いは下層以下の超階級的というべき人間が多いのかという質問をよく受ける。だが、僕はある目的のために、或いは好きこのんでそうするのではない。そのような人間しか知らないからなのだ」と彼自身語っていますが、その椎名の好んで使う庶民階級、下層以下の貧民は、彼の小説にあっては殆どきまって二種類の群形にわけられるのです。一方はたんに彼等《かれら》のみじめな環境や生活だけではなく、それら汚穢、陋雑なものの彼方に人間そのものが持つ不条理な存在の条件と宿命とを、恥しげもなく露出し、それを呪いも反抗もせず、諦めきって生きている連中です。「重き流れの中に」の寺島つねや「季節外れの告白」の森田老人や、「深尾正治の手記」の小山からはじまって近作「自由の彼方で」の第一部にあらわれる私がこれです。彼等は自分たちにこのような愚劣無意味な存在を与えた神にも反逆しません。のみならず善良な豚のように、その陋雑に狎《な》れ浸りきることだってあるのです。

　この連中にたいし、もう一つの型の人間たちが、椎名の作品のなかに窺えます。それは、前者と同じように、みじめさ汚穢さに生きねばならぬことは変りない人間たちなのですが、彼等はこの自分の悲惨な存在条件にたいする呪咀や憎悪を、前者の人間たちにむけて爆発させるのです。それはあの「悪霊」にでてくるスチェパン氏の善良さに突発的な憎悪と激怒をぶちまけるワルワーラ夫人の心理を思わせます。

「ことに森田さんと来たら本当に憎まずには居られないの。腹がたって、たって夜、ねむらないことさえあるのよ」（季節外れの告白）

　彼等にはこの、前者にたいする憎みの理由がわかりません。しかし、それなくしては彼等は生きてゆけぬのです。「憎悪は無意味な多労な、然しそれがなくては、日が過せないと云ったようなもの」（重き流れの中に）なのです。

　時にはこの憎悪は昂《たかぶ》り狂って、弱者である前者に残酷、醜悪なサヂスムにさえ及ぶことがあります。「深夜の酒宴」の仙三は主人公にむかって一本の紐をさしだし自殺を強いるのです。「深尾正治の手記」のなかで主人公は、自分となんの関りもない肺病女に理由ない虐待慾を抑えることができません。

　もちろん、後者が前者を憎むのは、それを通して、自分へ呪うことにほかなりません。

前者の無味さ、単純さのなかに、自分も、そこから逃れえぬ愚劣な存在条件をみてしまうのです。そこから、この倒錯的な自己（他者）嫌悪がうまれるわけです。

ですから、一見、この対立した二つの群像も、実は歯車のように噛み合い、離つことができぬ関係だといえます。彼等は憎み合いながら別れることができないのです。前者がいなければ、後者は生きられないのです。なぜならば、先程も云ったように後者は憎悪を糧として生きている人間たちであり、そのためには弱者である前者がどうしても必要だからです。だから、「深尾正治の手記」のなかで小山を憎みつづけた池田が突然次のように叫んだのです。「俺を見捨てやがったら承知しないぞ。俺を見捨てやがったら」

2

これが椎名氏の作中人物を取り扱う基本型です。数多い作品にも拘らず、彼は殆ど何時《いつ》も、この基本型から物語りを書きだすのです。彼の虚無、死、自由等についての考察も、この基本型を軸として考察されたものです。一体、作家には、さまざまの角度から人間を探ろうとする人と、ただ一つのスポットライトしか与えない人との二種類がありますが、椎名氏は後者のもっとも代表的な作家だと云えます。

この作中人物を取り扱う基本型は、まず、虚無だの死だの自由だの形而上的課題をそこに投げこむに都合がよい型であるのと、次に、前にのべたように二つの種類の人間群の謎のように倒錯した心理は一見いかにも深い考察のように見えるので、そこに、椎名文学の魅力が生れた理由があるのです。しかし一寸でも考えてみると、これは、逆に椎名氏の文学的、思想的な弱さの原因ともなっています。その点について、しばらく考えてみましょう。

（A）「だが、ドストエフスキイを読んだ時僕は自分に内在する虚無にかかわらず、そして恐らく、その故に自分がいかに人間を愛しているかを知ったのであった。そして小説なるものの真の意味も。その時、僕は二十八だった」と椎名氏自身、書いていますが、あの作中人物の基本型、汚穢、陋雑な人間条件に反抗も、呪咀もせず、それに狎れた一群と、同じ生存状況から逃れられぬが、それにたいする憤怒、呪咀を他虐的に前者にむける人間たちの扱い方も、椎名氏はドストエフスキイから感得したのかもしれません。しかし、ドストエフスキイと彼とが小説家的才能において違うのは、椎名氏の場合、この基本型の取り扱い方が、まことに図式的なのです。一見、いかにも深い人間洞察から生れたと思わせるこの二群の人間関係が、「悪霊」の作家にあっては、作者ドストエフスキイも突き飛ばすような生命力を持っていますが、椎名氏の作品のなかでは、作者の意志のままに、自由に動かしえる操り人形か、将棋の駒を思わせます。一体、作中人物というものは作家の最初の構想を裏切って、作者の意に反抗しながら勝手に動きまわる時、はじめて生きた人間となるのですが、もし逆に、作者が作中人物を思い通りに動かしえるようだったら、それはたとえば、ラディゲの意識的な作品のような場合は別として真の人間創造の場では、まず失敗だと考えねばなりません。事実、ドストエフスキイ自身が書簡のなかで、この作家と作中人物のすさまじい格闘について語っています。あの「悪霊」の主人公スタヴローギンは作者の最初の構想では決して第一人物というべきものではなく、副人物ぐらいの役割りしか与えられていなかったのです。それが、筆をすすめるにつれ、何時か、この男は作者とその世界とのなかで、最も大きな広い場所を要求しはじめ、勝手に歩きまわりはじめたのです。

　これに反し、残念ながら椎名氏の作中人物は氏の意志通り、右にもむくし、左にむくという操り人形なのです。作者は謎めいた形でこれらの人間を描いているようですが、その作中人物は生きていないのです。ぼくが先程、椎名氏の作中人物の基本型というイヤな言葉を使ったのも、彼等が、型とも云えるほど、図式化、類型化されているからに他なりません。もっと極端に云うと氏は、戦後という極限的な状況に、この型を都合よくなすっていく傾向が、段々、ひどくなってきたような気がします。

（B）それにも拘らず、椎名氏の描く人間たちが、時として、深淵のなかで動いているように思わせるのはどうしてでしょうか。それは彼等の内部の衝動を椎名氏が分析せずに、そのまま描く、という手法を使っているからです。椎名氏の作中人物は、（作者のいかなる説明もなく）非常にパラドックサルな行為をするのです。突然、泪をながしたり、突然、すべての人間に呪いをあびせたり愛したりします。そして、そのパラドックサルな作中人間の衝動を、作者が分析したり説明をしなければしない程、彼等は生きた人間に見えるのだと云うことを、氏はドストエフスキイから学んだのでしょう。なぜならば、われわれ人間の行為というものは、決して一つの心理や動機によって行われるものではないからです。十九世紀心理小説の限界は、こうした人間の錯綜した行為を一つの心理、一つの動機だけで裏づける点にあります。父性愛の権化ゴリオ爺さんのすべての行動はその父性愛だけに裏うちされています。従妹ベットの衝動はすべて、その嫉妬心と貪慾によって動機づけることが可能です。すなわち、彼等の心理は分析することができたのでした。

　しかし、椎名氏の影響の受けたドストエフスキイの作中人物は、人間の行為や衝動が、分析不可能な黒い痼《しこ》りを持っていること、彼等は決して一つの心理、性格、動機だけで行動するのではないのです。つまり人間内部の謎の深淵や矛盾を、そのまま深淵や矛盾として描く手法をドストエフスキイは、廿世紀の作家たちに（椎名氏にも）教えてくれたのでした。

だが、それだからと云って、その手法をそのまま、日本の人間像に適応してよいかは別問題です。

たとえば、仏蘭西《フランス》の現代小説で比較的早くこの手法を摂取し試みようとしたのはアンドレイ・ジイドとフランソワ・モウリヤックですが、ジイドにせよ、モウリヤックにせよ、この手法の摂取は椎名氏のように簡単にいかなかったようです。なぜならば、この人間の矛盾錯綜した内部をそのまま描くという試みに、整然とした分析方法と明晰な作家的視を重ずる仏蘭西心理小説の性格が抵抗したからです。従って、モウリヤックやジイドにあっては、この秩序と分析という伝統心理小説のなかに、いかに、ドストエフスキイ的人間像を調和さすかという烈しい抗争があったのですが、椎名氏の場合には、そのような抵抗を思わせるものは見うけられないのです。彼は、あの作中人物の基本型と同じように、この描写手法も、殆ど図式的に、型のごとく使い続けています。

あの戦後、すくなくとも、新しい作家たちが試みねばならなかった問題の一つは、日本に正しい意味での心理小説を創ることだったと思います。自然主義のおとし児である私小説に訣別しようとした若い文学者には、感性的で強固な分析力と粘着ある論理性を持たない日本の小説伝統の欠陥を再建することが正道だったはずです。強固な分析力と論理性を持つことは、前近代的な日本の社会状況のなかで、なにものにも屈服しない自我を持つことにも他ならないのでした。その意味で、よし、この方法が西欧では十九世紀的なものでも日本では一応その地盤を植えつけることが必要なのでした。この強固な分析力と論理力の地盤が日本の小説のなかで成熟した時、はじめてドストエフスキイ的な手法は前者の欠陥を補うものとして、摂取されるべきだったのでしょう。椎名氏が、この手法を、モウリヤックやジイドとは違って、何の抵抗もなく摂ることのできたのは、反撃を加えるだけの強固な心理小説伝統が背景になかったことにもよります。

　けれども、この方法の鵜呑みは仏蘭西の作家の場合とは違って、椎名氏のその後の成熟に、悪い影響を与えたのではないかとぼくは思います。つまり、鋭い分析力の確立していない日本近代小説のなかで人間最深部の痼り（よしそれが、分析不可能な深淵と予感されるにせよ）、なんら血みどろの闘いも攻撃も行わず、はなから、それをそのまま受けとるのは日本作家には非常に怠惰なことです。一見いかにも廿世紀の人間把握の方法をふまえているようでありながら、それを反抗もなく鵜呑みにする時、作家は、思いがけぬ罠にひっかかるのです。

　残念ながら、椎名氏もこの罠に足をからめてしまいました。最初から人間内部の深淵をパラドックサルなものとして、そのまま放置した態度は、彼の今日の相対主義と受身性とをすべてのものに生みだした素因となったのでした。

3

ぼく等はこの短い論評で、先程もお断りしたように、彼の思想の批判をする意図はありませんから、ただ右の基本的な考察に関わるものだけを、はしょってふれておきたいと思います。

氏は一般に日本的実存主義作家ともいわれ、氏自身も、実存主義に関心をしめしていられるようですが、少くともサルトルやメルロオ・ポンチイ等の仏蘭西実存主義と椎名氏が根本的に違う一つの点があります。ぼくはここで何も難解な哲学用語をふりまわす能力もないので簡単に書かしてもらいますが、それは椎名氏のたえず、探究しようとしている人間の「自由」、人間の「幸福」、人間の「ユートピア」等々にたいして、椎名氏がそれを既定の絶対観念として受身に受けとっているのに対し、仏蘭西実存主義者たちは、そうした受身性に最も反抗しているのです。

最近作「自由の彼方で」のなかで、主人公の私が深夜の星を見上げながら、自分には幸福が来ない、と星に訴えつつ、涙を流す場面がはなから出てきますが、これと同じような場面は氏の作品には形をかえて何度もあらわれます。こうした感覚は、まず西欧の実存主義者にはないでしょう。なぜならば、彼等にとっては、深夜の星は自分が星を創る時、星となるのだと云う能動性がその思想のなかに含まれているからです。けれども、椎名の場合は星はあらかじめ存在するのです。ただし、その星が無限に遠い所にあって、摑むことが不可能な場合に、星となるのです。「ユートピアはそれを実現する手段や方法が人間の能力の限界の彼方にあるからこそユートピアなのだ」（ユートピアについて）というような言辞を氏は好まれますが、これはユートピアだけに限らず、氏のたえざる課題である人間の自由にたいしても愛にたいしても同じ態度が、最初からあったように思われます。

　この氏の受身性は非常に根強いのです。小説方法論的に人間内部の痼りへの肉迫を最初から不可能とみたように、氏は、死や愛や自由等の諸問題にたいしても同じような決定論的な受動的な姿勢を抱いています。勿論、氏はたとえば「深夜の酒宴」における耐える、重いという虚無の受身的肯定から「帰郷」での能動的肯定、あるいは「永遠なる序章」のなかでの庶民同士での苦悩的愛と繋りの発見というように、自己の受身性を転じて積極的な意志にまでたかめようとさまざまの努力をされているのですが、そこには、いつも、何か無理なもの、空転るものが感ぜられます。それは、氏が出発点における人間把握の方法を再考察しないのと、もう一つ彼の受身性が、死にたいする余りの恐怖に助長されて更に強められるからです。

　枚数が尽きかけましたので、この辺で結びにしますが、その受身性が結局「死を克える愛はない。愛を全く滅す死もない」という、「邂逅《かいこう》」の相対主義にもみちびかれるわけです。亦《また》、彼は「自由の彼方で」を書くに至ったのは自分の過去をいささかの興奮も痙攣もなく、よしといい得る精神的な場所を基督から与えられたと書いていますが、これは別に厳しい基督教的観念によるものでは決してなく、むしろ彼の相対主義、極端にいえば東洋的寛容主義の立場と違いはないのです。このことは亦、改めて書きますが、戦後の作品で最も椎名氏が反抗しようとした私小説的なものが、「自由の彼方で」を書かしていることは非常に皮肉に思われることです。

岸田今日子

岸田今日子さんとは今まで一、二度しかお目にかかったことはない。お目にかかったと言ってもそれは岸田さんのお姉さんの衿子さんに紹介して頂いた時にご挨拶した程度であるから舞台の彼女をみる以外にはほとんど知らないと言ってよいであろう。

ぼくは岸田今日子さんについてなぜかしらないが一つの伝説を勝手に信じこんでいたようだ。それは今日子さんを女優にされるために岸田國士先生が特別の教育をされたという話である。先生は岸田さんをご自分の理想にあった女優に育てられる気持をお持ちになり、今日子さんもその先生の薫育にしたがって女優になられたとぼくは人からきいたことがあり、それを信じていたのである。

だが三島由紀夫氏演出のワイルド「サロメ」を今度演じられる彼女に会って話をきくと、これはぼくの聞き違いであることがわかった。今日子さんのお話によると先生は決して彼女が舞台にたたれることをお奨めにならなかったのだそうだ。少女のころから演劇の本をむさぼるように読んだ彼女が文学座の研究生になってからも先生は彼女のしずかな理解者であり、時々、注意や教訓を与えられても特別にあれこれと指図はされなかったという(このことはぼくはこのインタヴュー後に読んだのだが、本誌の昭和二十九年六月号に今日子さん自身が「父と芝居と私」という題でもっと詳しく説明されている)。

しかし岸田先生の子として生れ、幼いころから近代演劇の本を読んだり、あるいはそういう雰囲気のなかに育ったということはやはり彼女の素質を成熟させるよい素養になったことは当然であろう。このために今日、先生をはなれて一人の新劇女優になった岸田今日子さんの評価をそこねるとは誰もが考えないであろう。

ぼくは岸田さんと話をしながら、大変失礼だったが、その顔を時々じっと拝見していた。新劇の女優さんのなかには個性のつよい顔をした人がいる。話していても眼が強く光り、表情が個性的に動いて、ある意味でこの女優さんにはこういう役がうってつけだろうと我々のような演劇門外漢にさえ想像させる。けれどもこの時、幾分、恥ずかしそうに言葉少なくぼくの我儘な質問に答えてくださった彼女の顔には、時々微笑されるほか、ほとんど表情を動かそうとされないのである。それでは無表情かというと決してそうではなく、全くその反対のようなのだ。なにかとても内気なやわらかみのある顔だと思いながら、別の角度からみると、今度とても冷たいものがある。冷たいと思っていると次に色っぽいものが漂う。能面のようでもあり、あるいはイタリアの十二、三世紀の絵にでてくる女性の顔のようでもある。ぼくは時々、菓子をたべながら、すぐれた写真家がこの人の顔をとったら、どうキャッチするだろうなどと無遠慮なことを考えていた。

一素人のぼくがこんなことを言うのは失礼だが、ぼくは、自分の個性をあまりにはっきりうちだす演技を好きでない、個性をあまりにうちだしたり、あるいは体あたり演技といわれるものは好きではない、もっと極端にいうと演技というものは自分の個性を絶対にみせぬことだと思っている。こういうことは演劇の方なら百も承知のことだろうが、やはり時々、わかい人の新劇をみていると自分の個性に頼りすぎている俳優がいるのはたしかだ。だから岸田さんの顔を拝見しているうちに、このさまざまなもののこもった表情は女優として無個性なのではなく、反対にきわめて有利な没個性の表情だとそっと感じたのだった。

話は当然、今度、彼女が主役をやられる「サロメ」のことにふれた。この原稿が活字になるころはまだ四月公演のこの劇は舞台にかけられていないかもしれぬ。

「わたしは子供の時からワイルドが好きでよく読みましたから、サロメをとてもやりたいと前から考えていました」

ぼくは前にあの戯曲を読んだので、うろおぼえのままだったが色々な質問をした。ぼくがあの戯曲で一番むつかしいと思うのは言うまでもなくエロド・アンティパスとサロメである。エロド、つまりヘロデ王はこの戯曲にもはっきり描かれているが、狡猾で俗人で勇気のない男だったが、生涯自分の悲劇におびえ、その宿命に押しながされてしまった人間である。洗者ヨハネをとらえながら、彼があえて殺せなかったのも、ヨハネを殺すことによって自分の宿命が始まることを恐れたためであった。後年キリストをとらえながら、ピラトに引きわたしてしまったのも同じ心理からと言える。だがワイルドの「サロメ」には勿論書かれてはいないが、彼は後年ついにこの宿命から脱れることはできなかった。サロメの母エロディアスと結婚したため、彼は先妻の父、アラビヤの王の侵略をうけ、遂に孤独のまま国を追われて死なねばならぬのである。この俗人エロドがおびえる暗い宿命感がぼくの読んだかぎりワイルドの「サロメ」をつらぬく一本の糸であり、更にこのエロドの宿命感が義娘のサロメにも無言のうちにも反映している。サロメはあの戯曲では結末において父に殺されるが（史実では彼女はエロド王の弟と結婚したはずだ）、この死は初めからサロメの運命に予定されていたものであり、サロメの情欲は既に死をはらんでいたはずであるとぼくは思う。

　ぼくはだから彼女がどのようにサロメを演ずるかと訊ねてみた。三島由紀夫氏はサロメを他の人物から独立した少女として演ずるよう彼女に言われたそうだ。しかしこれは今のべたエロドの宿命感に応ずるサロメの運命をあの戯曲に感じたぼくにはよくわからなかった。もっとも彼女は非常に言葉少なく語ったからこの「独立して」という言葉にもっと複雑な意味があったのかもしれぬ。「他の人物から独立した少女」というのは他の人間の運命に無関心な少女の残酷さという意味ともとれる。いずれにしろこのむつかしいサロメの役を岸田さんがどう演ずるか、あの蒼ざめた顔にどうなりきるかはこの芝居に期待している我々としても一番待たれる一つであって彼女にとっても今度の舞台は実にやり甲斐のあるものにちがいない。

「わたしはこれが人生であるというように生活の一部を切ったようなお芝居はあまり好きではありません」

と彼女は言った。これはぼくとしては当然同感だった。ともかく、これが人生であるというような現実生活の一部をきりとったものを劇とかリアリズムとか考えている新劇が東京のいたるところにありすぎる。ぼくは岸田さんのような若い女優さんがこの言葉をはっきりと言ってくださったのがこの時嬉しかった。モスコーの芸術座もあまり好きではなかったとも彼女は答えた。この二つの言葉だけで、具体的には彼女の返事はきかなかったが、彼女が演劇をどう考えているか我々にもおぼろげながらわかるような気がする。

「わたしは舞台でだんだん自分を出すのではなく、消えることを学びました」

そのような意味のことを彼女はふと洩らしたがこれもぼくは嬉しかった。演劇に門外漢のぼくだが演技のなかで一番大切なことは自分をみせるという個性的なものではなく、他の俳優とせりふや演技で協音をかなでるということではないかと素人ながら考えていたのだが、平生新劇をみるたびに、演技の協音ということが若い俳優には忘れられているような気がしてならなかった。すぐれた戯曲というのはせりふが次のせりふと、また全体のせりふの中でみごとに協音するようなものであることだけはぼくも作家としてわかる。だから演技の場合も同じことではないかと思っていたのである。自分の個性を出そうとする演技、体あたりの演技はこの劇の全体的統一を考えていないのではないかという感じがしていた。だから彼女が「自分を消すことを学んだ」と言った時、ぼくはいつかみた「人と狼」の彼女の演技をふと思いだしたのである。

「そうです」と岸田さんは少し恥ずかしそうに答えた。「わたしが自分を消すことを始めたのはあの芝居のあたりからでした」

これらの言葉は一見、簡単なようだが、たんなる体験談として彼女が語っているのではないとぼくは思った。つまりこの言葉はやはり理くつからではなく彼女が舞台人として演劇というものをどうみているかをぼくに暗示してくれたわけだ。

話をしているうちにすぐ気づいたことだが彼女はひかえ目に、ほんのわずかな言葉でしか答えないのに、非常にはっきり物を言う人だった。これは芯のつよい意志のひどく強固な女優さんだなと感じながら、ぼくはあらためて彼女の表情のほとんどみえぬ横顔を眺めていた。

「わたしは自然のままに自分の演ずる人物にすっと溶けこむような女優になりたいのです」

彼女の表情はさきほども書いたように角度を少し変えただけでいろいろな女の顔に変化していくような気がする。

「この言葉にはどういう感情がこもっているのか、どんな心理を表現しているかを研究して演技される方もいますが、わたしとしてはそのまま、すっとその人間になりきれる女優になりたいと思っています」

時間があまりなくなったので、編集部の人が外国のどんな女優が好きかとたずねると、エドヴィジュ・フィエールだという。

わずかな時間とこれだけのわずかな会話だけから岸田さんのことを書くのは気が引けるが、そのわずかな会話だけからも、ぼくはやはり岸田今日子という女優は本当の意味で日本の新劇には新鮮な人だなと思った。ともあれ日本の新劇はこれから本当の劇と、いわゆるリアリズムの劇との対決にいつかは迫られるだろうが、そういう日に彼女がどのような演劇をえらぶかは我々にもわかっているし、その成長のために貴重な女優となることは疑いがない。
いずれにせよ四月の公演に彼女が演ずるサロメに期待したいものである。

「深い河」映像の説得力――漱石・荷風・鷗外の西欧体験と重ねて

六月に熊井啓監督の作品「深い河」の映画が上映される。原作は、一昨年、出たばかりの拙作『深い河』である。

インド、ベナレスの観光に出かけた数人の日本人が、それぞれの過去を反芻し、噛みしめる物語の並列からできているのだが、そのなかに、妻を失った夫が亡き妻の人生を考える話、また、フランスに留学した日本人神学生が、自分の神学とヨーロッパの神学のちがいを対立させて、疑いを抱き、そこで苦しみ、ベナレスで死すという物語が主軸となっている。

そしてその神学生を探している学生時代の旧友の女性の無神論的な姿がそこに描かれ、彼等の入り交じった事件が「死の町」ベナレスでくり広げられる。

熊井監督がこの映画化に非常に熱心で、本が刊行されるや、即座に拙宅を訪れ、映画化を要請された。

私は『海と毒薬』の映画化の結果によって、熊井監督には満幅の信頼をもってはいたが、なにしろ、『深い河』は、あまりに非現代風の旅行スタイルをとっているため、その実現を危惧していた。

しかし、資金面でこの企画を助ける実業家が現れ、インドでのロケを実現したのであった。スタッフの苦労は大変なものであったらしいが、その映像の美しさ、音楽を含めて、映画芸術の完成度は、原作者である私をもいたく満足せしめ、第一回試写のあと私は熊井監督の手を握り、

「ブラボー！　今年度世界一の作品だ」

と絶賛したほどだった。

勿論、世界一というのは少し褒めすぎの言葉だが。

この作品をみて、あらためて自分の人生をふりかえり、私の人生そのものが、登場する日本人神学生そのもののような、非常に特殊なものであったことを思う。

今はかなり多くなった日本人のキリスト教徒のなかで私は育った。

私の少年時代、日本人のキリスト教徒の数は二十万人もいなかったと思う。彼等は他の学友からも白い眼でみられ、時には売国奴扱いされることもあった。

だから私は学校のなかで、おもてむきは、彼等と協調できぬ自分を恥じて二重性のなか

に終戦をむかえたものであった。

終戦後、いわゆるキリスト教歓迎主義の学校の気風と、私のなかにある日本文化の愛着は、両者の安易の妥協を好まず、そのまま、ずるずるとヨーロッパ留学を行ったが、結局、私のテーマは、日本人であることと同時にキリスト教徒であることの矛盾を解決する方向にむけられたようだ。

映画「深い河」の神学生の大津も、ベナレスの町とガンジスのほとりをさまよいながら、その特殊な日本人に課せられた問題に集中していく。

彼はそのためキリスト教会を追い出され、ヒンズー教徒の家に住んで、火葬場の死者たちを灰にし、川に流す毎日をおくるようになる。

その生活をみて私は、彼のなかに、くっきりと今日までの私の姿をみたような気がした。要するに『深い河』は、精神的自叙伝であるのみならず、漱石以後の近代日本の自叙伝であると自負している。

漱石以後、日本人には三種の型のヨーロッパ受容の姿勢がある。

一つは、糞真面目にヨーロッパと対立する漱石タイプ、二番目に永井荷風のように、表面的美しさを享受し、おおいに満足し、その美を味わいつくすやり方、そして最後に、森鷗外の如く、その知性面を理解し、それを個人の面からも受容する（事実、鷗外は日本まできた女性を棄てたのだが、これは日本文化史上、非常に重要な位置をしめている）。

鷗外は、荷風のような享楽主義、ヨーロッパ埋没主義とちがって、適当に遊び、適当に別れるという、多くの日本人にありがちな態度をとっている。

鷗外は、帰国前、ヨーロッパの女性に対しても、すべて清算し、仮に口約束をしても、それは日本を訪れた彼女には実現されなかった。まことに鷗外らしい処世術である。

漱石を西欧と遊べぬ日本人とするならば、荷風はリヨンにあって西欧の女色世界を存分に満喫した日本人であった。

彼はローヌ、ソーヌの歓楽街を歩き、その眼を充分に楽しませ、彼女たちの肉体を、金で買える範囲、存分に楽しんだのである。

漱石の在英日記をみると、彼が出会った女、そのヨーロッパの女と寝たという事実は、単に一人の無名の日本人がヨーロッパの女性と一夜を共にしたというだけでなく、ヨーロッパそのものと寝たような衝撃をうけている。大袈裟にいえば、ヨーロッパが漱石と寝たのである。

同じように『深い河』のヨーロッパ体験も、キリスト教体験も、大津の人生すべてをかきまわし、左右する問題と係わっている。

端《はた》からみている者にとっては、そこまで尊重しなくてもいいようなことも、主人公大津は見逃すわけにはいかないのである。

彼にとっては、ことキリスト教に関するかぎり、いつも、あれかこれか、だからである。

この映画「深い河」をみて、一般の日本人が感じるのは、なぜ、大津にとって、彼の人生をそのようにかきまわされねばならぬのか、ということだろう。

なぜ、彼はヨーロッパに行き、そこまで係わらねばならなかったか。

なぜ、ヨーロッパのキリスト教と自分との間に矛盾を感じると、ガリラヤやエルサレムの砂漠にとじこもり、更にインドのベナレスで異教徒と生活を共にしながら「イエスがいたならば、おそらくそれをやったであろう」ことをやるのか——であろう。

一言でいうと、日本人である彼が、なぜ、そこまで、こだわるのであろう——

それが多くの観客の日本人には納得がいかない——しかし、映画「深い河」は、技術的にも観客をしてたくみにこの心理的難点を説得せしめている。

ご一見ありたい。

V

病院生活

まるまる一年、病院生活を送った。手術ときまって慶應病院に移る前、芝の某病院にいたが、痛い目に会った慶應病院よりも、何もしないで薬だけ飲ませられていた前の病院のほうがはるかにイヤだった。

手術というのは想像していたよりは後味の悪いものではない。そりゃ胸を半米《メートル》もたち割られたのだから術後一ヵ月は実に痛い。痛いことは痛いがこの時は全身をあげて生命をとり戻すために闘っている大勝負だから、無我夢中であり、後になって考えてみると一種の爽快感さえ覚えるのである。それに咽喉もと過ぎればあつさを忘るのたとえ通りに人間というものは肉体的な苦しみは案外はやく忘れてしまうものらしく、三ヵ月たった今、その時のことを一つ一つ思いだそうとしてもどうも鋭くつかめない。なんだか遠い昔の出来事のようにさえ思える。

手術をうけに来た慶應病院よりも、前の病院のほうがイヤだったのは病室がガンや白血病患者の多い病棟にあったせいかもしれない。深夜、バタバタと廊下を走る足音や女の泣声がきこえて「ああ、また誰か亡くなったな」と気づく夜が一週に一度ぐらいあった。一人の爺さまが死んだ時は一寸《ちよつと》、悲惨だった。この爺さまは自分が病気なのにもかかわらず、ものすごい吝嗇《りんしよく》のために医師からまわされる薬を飲むのが惜しく、外で売り捌こうとそのまま溜めているうち死んでしまったのである。身よりのないこの爺さまが死んだあと遺品を看護婦たちが整理してみると貯金帳のほかはハラマキの中まで彼が毎日、もらっていた薬が一つも服用されずにズッシリかくされていたのである。

　なんだかバルザックの小説にでも出てきそうな話である。

　夏のひどく暑い日、ぼくの病室の隣りに年頃四十歳ぐらいのひどく顔色の悪い男が入院してきた。男のベッドは窓ぎわにあり、その窓ぎわには半ば茶色く枯れたゴムの木の植木鉢がおかれてあった。男の病気は白血球がひどく増していくあの恐ろしい白血病である。八月の午後、うだるような暑さの中で不精髭をはやしたこの男がゴムの木の植木鉢の横で毎日じっと寝ている姿は何時《いつ》もぼくの病室から覗かれた。すっかり体力がなくなっているらしく病室から外に出ていこうともしない。

　白血病は歯ぐきから血が出はじめるともう駄目だと云われている。ある日の午後、ぼくはこの男がベッドの上に起きあがってじっと壁の一点をみつめているのに気がついた。その日、彼の歯ぐきから血が出たのである。自分がもうすぐ死ぬということを知った時の男の表情を見るのはイヤだったが、それから毎日毎日、この男と彼の妻が必死になって何かと闘っている姿を見つづけさせられると、こちらも参りそうになってしまった。そんな記憶がいくつかあるため手術以前のほうがはるかに手術中より重くるしかった。

　慶應病院の二階から入口をみているとひっきりなしに外来患者がやってくる。夜になるとどの窓からも暗い灯の光が洩れてくる。病人の数が多く、病気の数が多いことに今更のようにびっくりする。こういう病院の中にあまり長くいると、多くの医者や看護婦がそうであるように苦痛になれきって鈍感になるおそれがある。病院生活もいい加減で終りにせねばならない。

人間のみかた

その日、私は、東京のある気の毒な家庭を雑誌社の人と訪問していた。

その家庭は、お嬢さんと坊ちゃんとのふたりが生れながら、重症の精神薄弱のために学校も行けず、いまはただ、家で寝かせているという状態だった。

雨のふりそうな日で、通された部屋の両側に、ふたりの病人はそれぞれ寝ていた。せまい庭に植えられた青黒いオモトの色が、私の眼にしみた。

正直いって、私はその日まで、精薄者の問題にほとんど無関心だったといってよい。私のまわりにそういう人を見る機会はなかったし、実生活でもこの問題に直接ぶつかることはなかったからである。私はふたりの母親と一時間ほど話をしあい、この家庭が二十年もの間、どんなに苦労し、また日本の施設がどんなに不備不完全であるかを知ることができた。

しかし、いま書くことはそのことではない。日本社会の人間観の問題である。

私は時々、隣りで呻き声のような声をたてるふたりの病人をふりかえった。

卒直にいって、このふたりの病人のうちひとりは、寝たきりで物の識別もはっきりしない状態だそうだ。今後もおそらく治る見込みはないし、廻りや世間に役にたつどころか、皆の助け以外には生きつづけることはできないと思う。

われわれは社会で人間をみる時、彼が人間であるゆえんを、たとえば意識があるとか、理性があるとか、知恵があるとか、というような面で考える。

意識や知恵や理性は人間を人間として成立させている重要な要素であるように考えている。

しかしいま、私の眼の前にある病人は、こうした要素から眺めることのできぬ「人」である。

その上、日本社会ではこうした病人を「役にたたぬ人間」「廻りに迷惑をかける人間」としてしか眺めていないようだ。

それは日本社会における人間のみかたが「役にたつか」「役にたたぬか」という規準にあるからである。

オリンピックに金をかけても「役にたたぬ」者には、ほとんど金を使わないという事実がそれを示している。

三十八年度の予算でも、たとえば文部省が申しこんだ特殊学級の増設予算を、大蔵省が削ってしまったのはそのためだ。

私はこの時、この人たちをわれわれになおも「人」として考えさせるものは、世間に「役にたつ」とか「役にたたん」ということではなく、意識や知恵や理性があるとか、ないとかでもなく、そうしたものを越えてなお、彼を人間として見させることのできる何かがあるのではないかと考えた。それを私はいま、宗教でいう人格とでも名づけておこう。人格という観念は、われわれの日本社会で人間を眺める時、もっとも欠けたものであろう。

私は憲法で人権ということばのあるのを知っているが、人格の保証ということばをみることはできない。

私は二か月ほど前に、またあるハンセン氏病（癩《らい》病）の私立療養所を訪れたことがある。ハンセン氏病には健保もない。また療養所にたいする国家の援助は微々たるものである。患者は生活費をつくるため、療養所を持続させるために、歪んだ手を使って、アルバイトをしている現状だ。うそだと思ったら療養所に行って見てくるといい。

なぜか。彼が病気ゆえに社会に負担をかけ「役にたたぬ」ゆえであろう。

やがてオリンピックで日の丸があがり、拍手がどよめく日がくるだろう。しかし、と私は思う。どんな人間の人格をも尊重することは、スポーツ精神よりもオリンピック精神よりももっと高いはずである。

人間のための二つの真理

「原子論や医学その他において、近頃の科学の進歩には目を見張らされます。最近アメリカ流の物質文明が盛んに入りこんできて私達の周囲を乱す一方、唯物的な共産主義についての関心が若い人々の心を奪うようになった今日、宗教と科学の振合をどうつけるのか。科学が進んでくれば、人生問題の大半は科学で解決がつくだろうし、人間の幸福も科学で築かれる時が早晩来るのではないか。そうなれば宗教、殊に仏教で云う『二世安楽』キリスト教の『神の恩寵』等ということはどうなるのか、という疑問がいろいろ起ってきます」

これは先月号のこの雑誌に掲載された静岡県、望月悦子さんのお手紙であります。

こうした疑問は一応だれもが持っていらっしゃるにちがいない。そしてある解答があたえられたとしてもやはり、どこかに納得のいかぬものが残るにちがいない。問題の根底には両者が対立し矛盾しあうという無意識な気持はやはり拭い去ることはできぬだろうと思います。
たとえば、仏蘭西《フランス》にルルドという町がある。日本にも「ベルナデットの歌」という映画がきましたから御覧になった方もいられると思いますが、これは十九世紀の頃、ベルナデットと呼ぶピレーネ山脈の寒村に生れた貧農の娘がある日、友だちと山に薪をとりにいった。その時、彼女は聖母マリアの姿を岩かげにみたのであります。人々にはその姿はみえなかったが、彼女にだけはうつった。人々が彼女の言葉をあまりにも疑うので、この少女は聖母に一つの証明をしてほしいと頼んだのであります。「そこの土を掘りなさい」と聖母は申しました。「水が湧いてくるだろう」

その地面は今まで、掘りさげても掘りさげても決して水の湧かぬ土地でありました。けれどもこの少女は命ぜられるままに掌で地面を掘ったのであります。そして人々の驚きの中で、清冽な泉がそこから吹きあげてまいりました。人々はこれを「ルルドの奇蹟」と呼んでいます。今でも、そのルルドの小さな村はその泉を保存して残っています。そして毎年ヨーロッパの国々からこの村にかけて無数の病人たちが、あるいは担架にのせられ、あるいは肉身の肩に支えられて、その泉をもとめて集まってきます。

ぼくは仏蘭西にいました時、これらの人々のために特別の列車が何台ももうけられているのをみました。そして奇蹟は今でさえ起っている。それはウソでもなんでもない厳然とした事実なのです。今日でもルルドの泉に足をひたした跛《びっこ》が、その瞬間に「足、いえて歩き」あるいは盲たる女がその瞬間に眼をあいて、微笑む人々の顔をながめることができた、そんな事実が幾つでもあるのです。

のみならず現在のルルドには、病院がたてられ厳密な医学的検査を経ねば、その治癒が真実なものであり、完全なものであることを決して認めないのです。

そうした医学的検査を経ても奇蹟は奇蹟として存在するのであります。こうしたお話を誰かルルドに行った人が貴方たちに話したとします。貴方はその人をウソつきだとも誇張家だとも思っていない。その人が本当のことを言っているのだとは思います。

にも拘らず、貴方は決して問題が解決されたとは思わない。やはりそこには貴方のまだよく知らない「偶然」とか「科学作用」が働いたのだろうとひそかに思っている。たとえ貴方がその奇蹟を貴方自身の眼で御覧になられたとしても、くつがえすことのできぬものは、くつがえせぬでしょう。

けれども宗教というものは奇蹟とか、科学をくつがえすような珍奇なものとはほとんど関係がないのであります。現在、皆さんの中には「宗教」といえば、すぐ、このような反科学的なもの、反合理的なものをひとつのイメージとして持ってこられる方があるかもしれない。たとえば、それは、所謂《いわゆる》、巷間のわけのわからぬ新興宗教がその宗教の真理性をこのような奇蹟によって証明しようとする傾向からも窺えます。

けれども真の宗教はこのような奇蹟だけにすべての根をおくのでは、決してありません。極端な言い方をすれば、奇蹟の有無ということや科学に対する反対ということは本当の宗教の場合、ありえないことだとぼくは信じています。もし宗教というものが本当に、人間の全面的な真理ならば、それは科学的な真理も当然ふくまねばならない。それを拒絶したり、科学によって全く、くつがえされる宗教ならば、その宗教はウソであるとぼく等《ら》は言えるでしょう。

先ほどのルルドの町に病院をたて医者の検査を命じたのは、実はほかならぬ基督《キリスト》教教会であります。基督教を信じる、信じないは別として、ぼくは、この宗教のこうした自信のあり方こそ、尊敬できる気がするのです。

この点を了解して頂いてついでに、今申しあげた貴方たちのひそかな疑問も整理してみましょう。科学と宗教との対立を、先ほどの奇蹟のような問題からとりあげる信仰家、非信仰家も多いのですが、ぼくはこのような問題のとりあげ方になぜか疑問をいだきつづけるのです。

と申しますのはこうした通俗的な論争者のおおむねは、実は、科学の半可通であったり非専門家であったりするのであります。たとえば貴方たちは決して科学の専門家ではありますまい。けれども、科学や医学の専門家の中に、同時にその科学や医学を通して神の存在や宗教を発見した人が多いことは先号で賀川先生が書かれています。彼等が正しかったか、どうかは我々素人には、わかりません。けれどもわかることは科学によって、宗教の真理性や奇蹟が証明しえるか、どうかという問題は、こうした人々がいる以上、「絶対にできない」とも「絶対にできる」とも我々には判断のつかぬ相対的なものであり、むしろ、そうした通俗的な論争で宗教を全く否定したりすることは間違いだと思うのです。

先ほど、ぼくは宗教が本当のもの、つまり人間の真理をすべてふくむものならば、決して科学を拒んだり、おそれたりするはずはないと書きました。すると、ぼく等はここで宗教的真理と科学的真理とはどのような関係になるかという問題にぶつかるわけです。けれどもその前に、ぼく等がぶつかっている一つの悲劇について考えてみましょう。たとえば、毎日の新聞に、貴方たちは御覧になる。原爆や水爆の恐ろしい実験が行われたことを。

あの長崎に原爆をおとしたある飛行士のことについて、ぼくはずっと前、非常に悲しい話をきいたのであります。それはその飛行士は自分の乗る飛行機が、一弾にして数万の無実の女や子供を殺し、彼等を苦痛のどん底に入れるということは一度も知らされなかったというのである。ただ、彼はかくかくの地点でかくかくの緯度で、爆弾をおとすように命ぜられた。彼は命令通り、長崎の上空でボタンを押し、そして、その恐ろしい、余りにも恐ろしい結果を後になって聞いたというのであります。自分の指がかすかにふれたボタンによって、そのような怖るべき地獄図絵が展開されたと知った時、彼は遂に気が狂ってしまったそうです。その話が真実か、どうかは知りませんが、しかし、やはり、それは一つの問題をぼく等にあたえます。

戦争時代、独逸《ドイツ》では、非常に陰惨な事件が捕虜収容所でくりひろげられました。それは独逸人の医師の中には、医学的な発見のために、生きている人間を実験に使ったのです。

巴里《パリ》にいました時、ぼくは病気にかかり、病院に入院したことがありました。その病院でぼくはいつも看護人の男におぶさりながら、診察室に運ばれていく一人のやせこけた少女をみました。それはポーランドの少女でした。彼女は戦争中、収容所で、今、申しあげた医学実験をうけさせられたのだそうです。さまざまの菌を無理矢理に体内に注射され、それによって人体の変化をみる、その実験台に供されたのだそうです。

そして戦争が終って十年も近いのに彼女は脊髄を全くおかされ、生ける屍にも似た体であちらの療養所、こちらの病院と手当をうけたのですが、もう、ふたたび、恢復することはむつかしいだろうという話でした。

こうした話を貴方たちが特異な場合だとか例外だとかお思いになってはいけません。原子力というものは科学者たちが長崎や広島で抵抗力のない女や子供を虐殺するために考えたものではありますまい。それは今日、ジャーナリズムで唱えられていますように、その巨大なエネルギイを利用して、人類の幸福に貢献するために考えていかれたのでありましょう。ストレプトマイシンやペニシリンの発見など医学のさまざまな進歩のための研究は、決して一人のポーランド娘の青春を意味もなく破壊するために営まれているのではありますまい。それは人間の病苦をすこしずつ亡ぼしていくために続けられていくものでありましょう。

にも拘らずそうした崇高な目的のためにつくられた原子力や医学が、このように人間をくるしめるために一度でも存在した事実をぼく等はやはり考えねばなりますまい。つまり人間のつくったものが、いつか人間をこえて、それを無気味な形で支配している悲劇は科学の世界のなかでも行われているのです。

長崎でボタンを押した飛行士は、数分後にくり展げられる地獄図に責任があったのか。責任があったのはそれを命じたものか。つくったものか。原子爆弾か。それはぼく等によくわからない。わからないが、ここでは「科学が歪められて使われた」ことは確かなのです。そしてまた、ポーランド娘の場合も「医学が歪められて使われた」ことは確かなのです。

医学的な、また科学的な世界が人間の幸福を無視したこの二つの例をみる時、ぼく等は一つの結論をえます。それはそうした科学的な真理を人間的真理が支えていかなければならないということです。つまり科学は人間のために使われた以上、その「人間のため」という地位から一歩もはみださしては決してならない。そしてその「人間のため」という価値をさだめるのは、モラルの世界、つまり医学も科学もその前にあっては、当然、身の分をしらねばならぬ人間性の問題になってくるのです。


望月さんはこう書かれました。「科学が進んでくれれば、人生問題の大半は科学で解決がつくだろうし、人間の幸福も科学で築かれる」この科学を悪の世界にむかわせないこと、それを「人間の幸福のため」という領域におくことは別の問題となってきます。つまり倫理やヒューマニズムや宗教が考えるべき問題なのであります。

二つの考え方があります。それは人間の悪というものは人類の進歩と共に全くなくなってしまわぬという考え方と、全くなくなってしまうという考え方です。前者の場合はおもに宗教がそこに立脚していました。古い形態での宗教は人間の悪の不変性を時には絶対的なもののように考えていたのです。

けれどもこの考え方はやはり狭いものといわねばなりません。人間の社会の中には変えらるべき悪は無数にあります。社会的な階級悪も是正されるべきものです。また肉体的な病気もどしどし征服されるべきです。そうした、科学の本当の進歩と宗教とは決して対立するものではありません。なぜなら今、申しあげたように科学的真理を人間的真理に調和させる世界で宗教は大きな意味をもっているからです。勿論、ある人の中にはそのような宗教にたよらなくとも、別の路、たとえばヒューマニズムへの信頼から、科学を人間の善意と調和させると確信する人がいるでしょう。けれどもヒューマニズムだけではやはり不安な人もまたいるでしょう。彼の場合は人間の最後の悪、つまり科学や社会改造でも除けることのできぬ人間の悪へのふかい恐怖があるからでしょう。また本当の幸福は、信仰ということから始まると考えるためでしょう。

しかし、それはそれでいいのだと思います。ともすれば、ぼく等の幸福のためよりはぼく等の不幸のために働きがちだった科学を本来の秩序におくためには、本当の宗教は決して無視されるべきものではないと思います。いや、むしろそれは科学を「人間のため」に働かせる大きな推進力だと言えるわけです。

（望月さんの御住所おしらせ下さい。薄謝をさしあげます）

人間観察について

私は小説家です。皆様も小説家の生活は余りご存じないでしょうが、私も皆様のお仕事の内容等については、詳しくは知っておりません。ただ、私は一度警察官を主人公にした小説を書いてみようと思いまして、中野の警察学校へ行ったことがあります。そのおり校長先生に、「あんた、一つ剣道をやりませんか」と言われたので、ほうほうのていで逃げだしました。けれども、とにかく警察官を主人公にした小説が、私にも一つくらいあるのです。いつか機会があったらお読みください。警察の方から見ると、まちがっているところがあると思います。そういう点もいつかお教えいただくとありがたいと思います。

二読みの五読まず

私は好奇心が比較的強いものですから、どういう職域の方とも会いたいという気持ちが多うございまして、座談会とか対談も非常に好きです。ですから近ごろは、小説のほうは断わることが多いですけれども、対談などでしたら小説の合い間を見て喜んで引き受けております。そして映画の女優さんから、大臣などの方までお目にかかって、いろいろな話をします。私の特技というのは、どんな女優さんでも、いわゆる週刊誌や新聞の記者たちがスッパ抜けないような恋人の名前まで、パッと聞くことができる。それからまた、大臣などでも、お話ししているうちに、だんだん肩がこらないような状態におくことができるので、私はそれらのお話を「こういう人はどうして出世できたのかな」ということに疑問をおいて聞いているのです。大臣になることが別に出世することでもないし、会社の社長になるのが必ずしも出世ではないでしょうけれども、自分の持ち味というものをよく知っておられて、その持ち味を生かした人というのは、やはり世に出ておられるような気がします。

　皆さんご存じかもしれませんが、河野一郎氏の親友であった北炭の萩原社長、この人にもどうして社長になられたかと心に疑問を持って、対談の際いろいろな質問をしてみました。すると、「何か事をやる場合に二歩先を読む」と言っておられました。つまり、事業をやるためには二歩先を読んでおかなくてはだめだ。しかし五歩先を読むのはいけないのだそうです。二歩先を読んで、それに対して周到な準備をしておいて、それを実行するときは決断を迅速果敢に行なう。ところが、あまり先読みをして五歩、あるいはそれ以上読むと、読み過ぎになって失敗するのだと言っておられました。

私は最近、碁を勉強しはじめて、先生が坂田前名人を紹介してくれたことがあります。私のように、それまで碁をやっていない者には、坂田名人といってもどんな方か存じ上げなかったのですが、碁をやっている人には神様みたいな人で、なかなか打ってもらえない。ところが、こわいもの知らずだった私は、碁を打っているとき横にやせた男の人が来て、「だめだなー」とかしきりに言うのが、あまりうるさいものですから「横から口出してくださるな」とうっかり言ってしまった。実はそれが坂田名人だったわけで、ビックリしました。その後親しくなって、「名人になられるとどれくらい先をお読みになるのですか」と聞くと、「二十か三十は完全に読んでいます」という。「たった二十か三十ですか」と言ったら笑っておられたのですが、しかしこれはしろうとの考えで、二十か三十くらいのあらゆる手を読むのだそうです。見た瞬間に、あらゆるところからかかってこられても、二十から三十先を読む。

　同じように萩原社長は、二ぐらい先を読む。更に私が、「どんなにがんばっても、運命が自分に味方せずに逆に裏目裏目と出る時期というのがありますか」とうかがうと、「それはある」という。「そういうときはどうされますか」と聞くと、「自然にさからわぬようにしている。つまり運命をひっくり返してやろうとか、何とかいい目にしようとかしないで、じっと流れにまかせておくと、必ずいい目にめぐり会うものだ」と言っておられた。私はこれをうかがってなるほどと思ったのは、私は実業界のこと、経済界のことは何も知りませんが、私らのような小説書きにも同じことが言えるのだということです。二歩先くらいは読んでおかないとだめだし、五歩先を読むとだめだということは、私たちの仕事にもあてはまる。というのは、たとえば私たちは、やはり読者がおられるから本を書いているわけで、あまりひとりよがりで、それがいかにりっぱなものであっても、芸術的なものであっても、読者から五歩離れてしまった小説というものは、やはりだめだと思います。それと同様に、読者と同じレベルのところで書いている小説というのもまただめです。つまり読者は、「なんだ、自分と同じ考えくらいしかしていないじゃないか」というわけです。たとえ五歩先を読んでいても、書く場合は二歩先くらいで書くべしということが、われわれプロの小説家には、小説を書いていくうえに、おのずと気持ちの上で会得されていることなのです。あまり先に進んでいってもいけないが、同じ線上であるということもいけない。

それから、萩原社長が言われたように、二歩に対してはある見通しをつけておき、それに対して周到な準備をしておくべきだということですが、これもわれわれにあてはまる。私が最近出しました小説で『沈黙』というのがあります。これを書くには五年間くらい資料を集めたり勉強したりして、自分としては準備は十分やりましたが、結局その中で使ったものは、準備したものの二十％くらいで、あとの八十％というのは切り捨ててしまうということで、その八十％を切り捨てるということは非常に残念なのですが、しかし切り捨てなければいけない。やはりそのコツというか、切り捨て方のうまいということが、プロではないかと思う。

皆さんご存じの、芥川賞の受賞者が決まったということが、新聞に出ておりました。今回の受賞者がそうだというわけではないけれども、新しい若い人たちを見ますと、十の資料を集めると、あるいは十の勉強をするとそれを全部出して見せます。つまり、その第一作目で全力投球をやってしまっている。二くらいの余裕を残しておくすべというのを知らないわけです。こういう作家というのは、線香花火のように、第一作ではパッと出ますが、次の作品を書いてみろといったときには二の力を残していないものですから、第二作目というのは非常につまらないものになってしまって、ついにはだめになってしまいます。これは伸びるなと思う者は、芥川賞の時たいてい十の力のうち八か七くらいを出して、三の余力を残している。その三の余力を次の作品のためにたくわえておく、こういう人はその後ずっとプロとして息が続いていくような気がします。いずれにしろ、二読みの五読まず、そしてその二に対しては周到な準備をする。

それで萩原さんは、「北海道は現在石炭だけれども、次の発展は観光だ。観光ならばどことどことどことが重点になる。しかし今すぐ手を出すと五読みになって時期が早過ぎる」と言っておられた。ところが、五読みをした人がいたのです。これは名前は言いませんがある有名な実業家が、北海道にホテルを作ってそれがついにだめになってしまった。それを買いとったのが萩原さんで、この点についてこう言われました。前の人は、五も読んでしまったのだなと。つまり二年あとのところを五年前にやってしまったということです。ですから「もう少し遅らせてやったらよかったろう、これは結果論だが」と言っておられましたけれども、しかし必ずしも結果論ではないと私は思いました。

一つを完全に読む堅実主義

もう一つ、女性のくつ下などで有名な「グンゼ」の社長と、この間話をしたのですが、これはさきほどの萩原さんとは全く対照的でして、「私は堅実主義です。二読みも五読みもありません」と言われた。そういう冒険をするタイプではない。私が萩原さんの話をしたところ笑いながら、「自分はそういう先読みというのをすることはあるけれども、冒険というものに実業家が生命をかけるとは思わない。自分は五読みも二読みもなく、むしろ一さえ完全に読めばいいと思っている。一だったら完全に失敗がないから、それにだけ手を出して、決して二まで手を出さない」と。ですから、萩原さんが実業家として自分の企業に対する大きな冒険をするのに対して、こちらは堅実主義というか、コツコツ主義というようなタイプの人です。この人は実業家というよりは、むしろ下からずっと上がって社長になった人です。お会いしてみると堅実そうな方で、むしろ地味だと言っていい方でした。ですから、「あなたはいったいどうして社長になれたのですか」と聞きましたら、「なんだか知らんけれども、だんだんおのずと社長にならされてしまったのです」。

　しかし、おのずと社長にならされましたということはないわけで、「それでは一番つらかったことはいつですか」と聞くと、経理課長をやっておられるとき、ちょうど終戦の直後でして、米軍とのいろいろな問題から、グンゼが大きな政治献金をやっているのではないかということを疑われて――実際には何もやっておられなかったそうですが――それで書類から何から全部調べられたことがあったそうです。結局いくら調べられても全然やましいところがなかったので、なんともなかったそうですが、一年か二年かの間彼は経理課長として、ありとあらゆる書類を見せられ、いろいろな質問に答えなくてはならなかった。しかしそのときに、自分はこの事件は経理課長どまりで、自分の上には決して波及させまいという気持ちを持っておった。そのために彼は必死になって、自分は有罪の判決を受けかかったことさえあったという。そのときがこの社長の人生の中で一番苦しかったそうです。

私は何げなく彼の経歴を見ましたところ、課長になるまではかなりの年数がかかっているわけです。ところが、課長になって以後はトントン拍子に部長・重役・社長という進み方をしているのは、いま言った事件があったことを契機として偉くなっているということを示しているわけで、それはなんだろうかと思って考えますとすぐわかりました。一つは、そういうときの苦労の経験というのが、それからの彼の仕事に対してものをいったということ。もう一つは、彼はそのとき上役に絶対この事件を波及させまい、自分のところでくいとめようとして、二年間がんばったということが、やがて重役たちの信用を得ていったのだろう。それで、あいつにまかしておけばだいじょうぶだという、無形の財産である信用ということを、その事件を契機として得たのだと思います。

話し方でわかる相手の性格・心理

また私は対談中、相手の話しぶりというのをよく注意します。たとえばこのグンゼの社長さんの話しぶりというのは、聞いていても非常にこまかいのです。ここを話して、次にはここ、というふうに、問題の中心点をスパッと言うまでにかなり時間がかかっている。いっぽう、さきほどの萩原さんは、こまかいことはほとんど言わないで、問題の中心点をパッと答えてくれるというような感じです。一見したところ萩原さんのほうがはるかに頭がいいというような感じがしますが、これはどちらが頭がいいとか悪いとかいうことではないでしょう。けれども、グンゼの社長さんが問題の中心点までこまかく話しているのを聞くと、この人は、こまかいことまで粗略・粗雑にすることがきらいな人だなということが、その話しぶりですぐわかりますから、「たいへん失礼ですが、あなたはどういう社員がおきらいですか」と聞くと、はたせるかな、「私がきらいな社員は、頭が切れるためにものごとをチョチョッと手抜きをするような人です」と言われる。なるほどそうでしょう、お話をうかがっているとそれはよくわかります。

いっぽう萩原さんは——私はその質問はしなかったのですが——頭のパッと切れるような社員のほうが好きだろうと思います。よく気がついて、パッと頭が切れる人。ですから社長の性格によっても社員の好ききらいはあると思います。だから自分の社長や上役は、どういう部下が好きかということを見抜けないような社員というのは、やはり二歩先を読めない人です。あるいはマイナス一歩くらいしか読めないということです。

その二人に共通しておもしろかったことは「あなた方は、社員を見て、この人はどの程度の地位までいくかということがわかりますか」と聞いたとき、萩原社長は言下に「面接試験のときでも私はわかります。これは課長どまりであるか、部長どまり、重役どまりであるかというところまで、私はだいたいわかります」と言われた。グンゼの社長は「わかります。しかし、重役になるかどうかということまではわかりません。部長くらいまでいけるかということは、会ったときわかります」と言う。このことは、結局、他人を見る目を両者とも養っておるということだろうと思うのです。

さきほども、二つ読み、五読まずということを申しましたけれども、自分のことを読むだけではなく、自分の相手がどういう人間であるか、どういう心をいま持っておるかということを読むのが、やはり事業家の一つの才能というか、勉強でもあろうと思います。これは何も事業家に限ったことではない。早い話が、そのへんのたばこ屋さん八百屋さんにいたるまで、お客さんの心理を読まなくてはならないでしょうし、われわれ小説家になりますと、人間の心理というのを絶えず観察していなかったら、小説は書けないわけです。お医者さんはもちろんのことです。たとえば病院などへ行きますと——私は好奇心が強いものですから、医者ともいろいろ対談していますが、どういう医者がほんとうの名医であるかという質問をしたところ、患者が何を訴えようとしているかということを、正確にキャッチできれば立派な医者だということです。そこで私は病院などへ行って聞き耳を立てていますと、すぐわかりましたが、たとえば患者というのは、自分の病気を正確に医者に訴えないのです。これはなぜかと言いますと、患者というのはいつも不安感がありますから、医者に行った場合、次の二種類の話し方をするのです。まず第一の型は、自分の不安を自分で消すために、自分の病状をわざと少な目に言う患者。「おなかがしばしば痛みますか」と言うと、実際はしばしば痛むのだけれども、「一日に一度くらい、それも感じるか感じないいくらいです」というように、加減してマイナスで言う患者さんです。もう一つの型は、これと反対にたいして痛まないのに誇張して言う患者さんです。「ここも痛い、あそこも痛い」というふうに、自分の病気をできるだけ拡大して言うのと二つあります。私はこれを聞いていて、どっちもやはり気持ちが不安なものだから、ああいう形をとるのだなと思った。そこで、それをじっと聞きながら、この人はどこまで誇張して言っているか、どれをマイナスして言っているかということを、パッとキャッチできて診断するようになれたら、インターンでなくて一人前の医者だということを、先生が言っているのは成程だと思いました。

　しかし「それが一人前の医者でしょうが、ほんとうの名医というのはどういうのですか」と聞いたところ、「ほんとうの名医というのは、この医者にかかったならば死んでもかまわないという心境に、患者をさせる人だ」と言っていました。これも私はわかるのです。この前食道ガンなどで有名な中山先生がテレビで語っておられましたが、「中山に執刀されてもだめだったと思えばあきらめもつくという患者なら、僕は必ず執刀する。ほかの先生がしようが僕がしようが、絶望的な患者は絶望的なのだが、しかし中山に執刀されてもだめであったといえば、家族もあきらめがつくし、当人もあきらめがつくようなら、僕が執刀する」。これまた、一種の名医でしょう。

私は、患者に対して非常に親切な医者を知っていますが、この人は、患者の咽喉にたまった血を機械で取ろうとしても取れなかったので、自分の口をそこへあてがって吸って取ったそうです。それを見ていたほかの大部屋の患者さんたちが、「あの先生にかかったならば私は死んでもいいよ」と言っていたそうですが、この若い医者もやはり名医だと思います。患者をそこまで信頼させる医者というのは、やはりほんとうの意味の名医だと思う。一人前の医者どころか、名医だろうと思います。

人間観察に役立つ読書

それで、さきほどの実業家たちの「二歩読み」というような話とも関連しますが、皆さんのお仕事というのは、町田なら町田のわれわれに毎日接してくださるわけですが、やはりわれわれ小説家の仕事とよく似ていると思うのです。小説家というのは、小説を書くために社長とか女優さんとかいろいろな人に会って、絶えず話を聞かなくてはならない。そういうときは自分を殺してしまって、決して自分を見せない。けれども、質問の要所要所

——この人の考えを聞き出す要点はどこであるかという焦点を決めるためには、さきほどの実業家の話と同じように、一応前もってその人に関する経歴とか、逸事なども調べて行きますが、それを調べたからといってその人の肝心のところがわかるわけではない。やはり一番聞くのはその人の話し方です。話し方によってグンゼの社長さんの性格がわかったという一例を申しあげましたけれども、話し方だけでご当人の性格も心理もかなりわかります。そこで皆さんのお仕事というのは、いろいろな人に接しられるわけで、正直言っていい相手ばかりいるわけではない。実にくだらぬ苦情を申し込んできたりするような市民もおるでしょうし、夫婦げんかの仲裁までさせられるということもあるでしょうが、結局仕事そのものは私の仕事とかなり似かよっている面がある。つまり相手を知らねばならぬ、人間を観察せねばならぬということです。

　人間の善意というのは、必ずうまくいくものであればいいのですけれども、こっちが善意をもって接していても、それが裏目裏目と出ていたら、その善意がかえって悪くとられたりするというようなことが、ずいぶんあると思うのです。ですから、人と接しているときに、こちらはいい気持ちでやっているのに、相手の人はそれを悪くとったりということもあるということは、あとになって「あいつはいやなやつだ」とかいうことになるわけで、私の経験から言うと、これは初めから相手を見抜く勉強が足りなかったからだろうと思う。

相手を見抜くというのは、その一人一人を見抜くという意味ではないのです。その人間をちゃんと見抜いておく力が、自分に不足していたからだと思うのです。その場合、相手を恨むよりは、自分の勉強不足を恨むべきだと思います。

　これは突拍子もない話ですが、私はそのために一つの本をおすすめします。ラ・ロシュフコーというフランスの思想家が書いた本です。これは日本で翻訳されているのは一冊しかないのですが、ラ・ロシュフコーという名前が目にとまったら、買っておかれるといいと思います。私は対談などのときには、この人の本を読んでおくわけです。というのはこの人は「人間観察」ということを目的にしてその本を書いたわけで、この本を読むと、どういう話し方をする人間はこういう性格であるとか、あるいは、こういうことを言ったときはこういう意味であるとかいうことを、ユーモアと皮肉とをもって書いている。読んでいてもなるほどとひざを打って、そうであるなということがわれわれに感じられる。

　これはまた、てまえみそになりますが、皆さんは、小説などは忙しくてとても読むひまはないというふうにお感じになるでしょうし、小説というのは婦女子が読むものでおれたちが読むものではない、というふうにお考えになるかもしれません。もちろん私は、悪い小説を読めというわけではない。年に二冊でいいから、いい小説を読んでください。これは結局皆さんのお仕事のためで、人間観察というか、皆さんは自分の善意というものを相手に示さなくてはならない。それからまた、絶えず他人を相手に働いていかなくてはならないお仕事ですから、そういう意味で人間を一番よく知る手っとり早い勉強というのは、もちろん自分が経験を深めるということにもなります。経験を深めていくということは、年数によってしか解決できないし、必ずしも皆さんはいろんな人に会えるというわけではないが、いい小説をお読みになるということは人間観察の上に、かなり役立つだろうと思います。たくさんお読みになる必要は毛頭ありませんが、年に二冊くらいは熟読されて、めんどうくさいでしょうが二回読んでいただくとずいぶん違います。それはなんでもけっこうです。漱石でもいいし、森鷗外でもいいから、そういう全集をこの警察署に置かれておいて、それをかわるがわるお読みになるだけでも、人間観察の上でずいぶん違ってくると思うのです。それはなぜかというと、五十年なら五十年、六十年なら六十年の間それだけを仕事としてきておるわけですから、つまり「もちはもち屋」ということばがあるように、ほかの職業の方よりも小説家のほうが、人間を観察するということでは力を入れているわけで、そういう人の書いたものを読みますと、つまり近眼だった人が新しい眼鏡を借りてきたようなもので、いままで自分の目だけで見たものが、眼鏡のため焦点がぴしっと合って見える。カキクケコのカがボーッとしていたのが、はっきり見えるという形になるのではないかと思う。そういう意味で、もしここに図書室みたいなものがなければ、そういうものを作って文庫本をそろえていただくとたいへんいいし、この署に図書室でもあるのでしたら、寄贈してもいいと考えているものですから、ご利用願いたいと思います。

なにかとりとめもない話でたいへん失礼でしたけれども、きょうはこれで終わらせていただきます。

孤独と信頼――文学雑感

私は以前、長いあいだ病気をして入院していたことがあります。外国旅行中に病気になって日本にもどって直ちに入院しなくてはならない状態になってしまいました。そのころ私は小説家として名が出かかっているときで、すこし高慢チキになっていたと思うのですが、非常に張り切ってこれからいろいろ仕事をしようとしているときに病気になってしまって、頭からバチッと棒で打たれたような打撃を受けました。

私どもの生活には別に健康保険があるわけではなく、或る年限を休んでしまうと自分の仕事の上で非常に不利になってしまうのです。それに、はじめのうちは、たくさんの友人やジャーナリストなどが見舞いにも来てくれますが、三月、四月、半年とたつとその数がだんだん減ってきて、自分はみんなから忘れられてきたな、ということがわかってきます。それで、そういう挫折感と失意の中で、くよくよしたり、むしゃくしゃ腹が立ったりして、うつうつとしてたのしまなかったのであります。

しかしそのあいだに、私は、病院という、私の意志とは関係のない場所での生活から、いろいろなことを学びました。

みなさんの中には軍隊に行ってきた人もたくさんおられると思いますが、病院というのは、軍隊の内務班の生活とよく似ていて、或る意味では戦場での生活ととてもよく似ております。昨日まで戦友だったのが翌日の朝はもうぽっくり死んでいるというようなことが私の入院している間にも何回かありましたし、また、私は大きな手術を受けましたから、自分自身がいつころっと死ぬかわからない状態でありました。いろいろな体験をしましたが、その体験の中から二つの話をまず、まくらとしてお話しすることにいたします。

うつうつとしてたのしまないで毎晩眠れないまま、じっと目をあけて天井をみつめていますと、どこからか、動物のうめき声のような声が、風に乗って聞こえてきます。それが悲痛というか悲惨というか何とも言えない声なので、私ははじめ、動物実験室の動物の声かと思ったりしました。或る日、看護婦さんに、あれは何ですか、と聞いたら、あれは肺ガンの患者で、肺ガンは非常な激痛を伴うので傷みどめにモルヒネの注射を三十分おきに打つのだけれども、そのモルヒネも効かない状態になって、それでああいううめき声を出すのだと教えてくれました。

しかも悪いことにその患者さんは本業がお医者さんなのだそうです。ふつうガンの患者さんにはガンだということを知らせないのだけれども、彼は医者なので自分が肺ガンだということを知っているのです。ですから、朝、目をさますと、鏡を出して自分の瞳孔をじっと見て、瞳孔の光で、ああ自分は今日はまだ大丈夫だ、と言うのだそうです。

看護婦さんからその話を聞いてからというものは、毎晩、そのうめき声が聞こえると私は何とも言えぬ気持になりました。つまりそれは、自分はやがて死ぬであろうということを知っている人の声なのです。

ところが、そうしているうちに、ふと変わった点に気がつきました。それは、うめき声がしばらく続くのですけれども、朝方の二時ごろになるとその声がふっと止んでしまうことがあるのです。あれはどうしてなのだろう、やはり疲れて眠るのだろうかと思って看護婦さんに聞くと、そうではなくて、痛みに耐えられなくて床の上でのたうち回って苦しんでいるのだけれども、そういうとき、看護婦さんが手を握ってやるのだそうです。そうすると、患者さんはだんだんしずかになってそして眠ってしまうというのです。

私はその話を聞いて、一体、それはどういうことなのだろうか、モルヒネを打ってもとまらない痛みが、手を握ってもらっただけで、なくなって眠れるということがあるのだろうか、と、半信半疑だったわけです。

で、この話は、ひとまず横におきまして、それから一か月ぐらいたった或る日、私の病室のはす向かいのところへ新しい患者が入院してきました。夏の暑い日でしたから、開けはなした窓から、その病室を何気なくのぞきますと、中年の男がベッドに寝ていて、枕元に鉢植えのゴムの木が置かれてあるのですが、水をやってないものだからゴムの葉がだらんと萎《しお》れて、病人の鼻先を蠅がブーンと飛び回っているのだけれども、それを追い払う気力もないようなのです。

看護婦さんに聞くとその患者は、白血病の患者なのだそうです。白血病というのは、血液のガンですから、やはり殆どなおらない可能性の多い病気です。その病人に、二十四、五才ぐらいの若い奥さんがいて、白いエプロンを着てかいがいしく働いておりました。私はそれを見ながら思いました。この病人は、いずれは亡くなるのかもしれない。いずれはと言ってもそれは一年、二年先のことではなく、もう間もなく亡くなってしまうのではないだろうか、亡くなるとき、この白いエプロンを着た奥さんは一体どうされるだろうか。愛し合っている者を引きさくものと言えばその最たるものは「死」でしょうが、死に対してわれわれはどう抵抗しようもないけれども、そのときこの愛し合っている夫婦は、この死というものにどういうふうに抵抗するだろうか。

或る日、又ふとその病室を見ると、病人が紙で口をぬぐっているのが見えました。口をぬぐうというのは、私ももう知っていますけれども、白血病の人というのは、しまいには歯ぐきから血が出るようになるのです。もうだめだ、と私は思いました。

その二、三日後の夕ぐれ、白いエプロンの奥さんが、ベッドの上に顔を伏せるようにして、病人のご主人の手をじっと握っていました。二人とも何も言わないでただじっと手を握っているのです。まるで、からだが凍りついてしまったかのように――。それを、私は偶然見てしまったのです。

二人はああして手を握って、そしてやがてもう近くおとずれてくる死というものに抵抗しているのだということが、そのとき私にもわかったのです。その後、数日してそのかたは亡くなられました。

私は今はこうして元気になっていろいろ仕事をしていますが、たとえばバーなどで酒を飲んでいるときに、或いは道を一人歩いているときに、あの二人が手を握り合っていた姿がふっとまぶたに浮かんできて胸がしめつけられるような思いにとらわれます。これはいつまでも忘れることができないだろうと思います。

いずれにせよ、ここで私が学んだのは、なぜ、手を握ることによって痛みや苦しみが薄れて、肺ガンの患者さんは眠ることができたのだろうか、それから、白いエプロンの奥さんは、なぜ、死期迫ったご主人の手を握ったのだろうかということであります。

それから一年後、私は大手術を受けて、こんどは私が麻酔を打たれる番になったわけです。手術のあと、激痛が始まり、なるほど三十分おきに麻酔薬を打ってくれるわけですが、それでも痛いので私は――じっとがまんしていた、と言いたいところですが、実は――「看護婦さぁん、注射打ってくれっ」と十分おきぐらいに叫んでいた状態でした。あまり麻酔を打つとからだが衰弱するので医学的にいけないので、そうそう打ってはくれない。麻酔がきれかかってくると、からだの中に鋏みを五つぐらい入れられたくらいの激痛がくるのです。そのとき私は、肺ガンの患者さんのことを思い出して、女房に手を握ってくれ、と言ったわけです。

ところが、古女房が私の手を握ってくれると、痛みがだんだんなくなってゆくような気がするのです。実際に気持がしずまってゆくような気がする。ひとりぽっちのときよりもずっと痛くないのです。

そこで私は、わかったと思いました。何がわかったかというと、われわれが何か苦しんでいるとき、これは必ず、自分一人が……、という感じがつきまとうものなのです。これは奇妙なものです。皆さんもきっと大へんつらい目にお会いになったことがおありだろうと思いますが、そういうとき、全世界の中で、自分一人がいちばん苦しいんだ、というような感じを持たれはしなかったでしょうか。理屈から言うとそんなばかな話はないのですが、苦しみを持ったときというのは、そんな感じがたいていするものなのです。苦しみとか不幸とかいう感じには、人間の孤独感というものが合わさるもので、ほんとうの苦しさ、ほんとうの不幸プラスエッキスというものがつけ加わるものなのです。

　私は今、新聞社から身の上相談みたいなものを頼まれて、手紙をよくもらったりしますが、相談される方というのは、みんな同じように「自分だけがなぜ、こんな苦しみを味わわなくてはいけないのでしょうか、ほかの人たちはしあわせなのに」と言ってくる。実際にはほかの人たちが皆しあわせなのではなくて、それぞれ悩みをもったり不しあわせだったりするのですが、苦しんでいる当事者自身には、私一人が、僕一人が、といった気持がどこかにやはりひそんでいるのではないかと、そういうふうに感じるのであります。

　で、手を握ってもらうというのは非常に象徴的なことですが、誰か手を握ってくれている人があると、自分の不幸とか苦しみというものが、――私の場合は痛さというものが――手を握っている相手の指を伝わって、相手の人が半分もらってくれる、相手の人が、少なくともその苦しみとか不幸というものを理解してくれているという心理が作用して、気持がだんだんしずまってゆく、それは、私の経験した程度の痛みであっても、たしかに言えることなのであります。
もっと大きく言うと、われわれの人生の中で、生きてゆく上で遭遇する不幸というものの中には、必ず自分はひとりぽっちだという孤独感とか、他人から理解してもらえないといったような感情が入っていて、それが余計にわれわれをみじめにしている。われわれはやはり、本能的に誰かに手を握ってもらいたい。或いは、握ってあげたい、という行為が必要なのではないでしょうか。もちろん、おれは一人で孤独にたえる、という一匹狼みたいなりっぱな人がいらっしゃるかもしれないけれども、まあふつうの場合は、やはり誰かに手を握ってもらいたい、誰かの手を握ってあげたいという気持が働くのではないでしょうか。

私は病院でいろいろなことを学びましたが、苦しみや不幸の連帯観念というものを、実地の体験から感じたのでした。それで、なぜ、こういう話をしたかと申しますと、ここで文学雑感ということに触れるわけですが、私のところには、職業がら、方々からいろいろな文芸雑誌が送られてきます。郵政文芸賞の応募作品やその他の応募原稿もありますが、それらの多くの作品を読んで感じることは、殆どの小説が、僕は不幸だ、私は孤独だ、というようなことを何かの形で書いている。たとえば、会社で働いているのだけれども自分はひとりぽっちだとか、或いは組合の中でいろいろ活動するのだけれども、自分は疎外された感じがあるとか、そういうようなことから始まって、そして、小説の結末というのは、何か活路か救いの道かがどこかに書かれてあるかというとそうではなくて、最後は、雨の道をポケットに手を入れて一人だけぬれていったりして、相変わらずご当人は不幸に終わっているのです。もちろん全部が全部そうだというのではないけれども、そういう小説が非常に多いのです。

　正直な話、私は、そういう小説はあきあきしているわけです。孤独とか不幸を感じるというのは大へん高尚なように見えますけれども、人間である以上、孤独とか不幸とかいうのは感じるのはあたりまえで、感じないのは鈍感な証拠であります。ふつうの経験を持っていればみんなそういうことを感じるのですから、ふつうの人が感じているだけのことを、何もわざわざ小説に書くこともあるまいと思うのです。それでは、どうしたらそういうものから抜けでることができるだろうか、ということのタネでも書いてくれないかと思っているのです。

　それから、私の心にある病気の一つは、あまり他人を信用しない、ということです。これは私だけでなくて、みなさんも現代人である以上、そういう気持があるのではないでしょうか。人の好意をそのまま受け入れられないで、その心の裏をのぞこうとしたり、誰かが、何かりっぱな行為をすると、それを素直にうけとめる代りに、その中からエゴイズムとか虚栄心とかをとり出して考えようとしたり、さらには中傷したりする傾向がある。現代の人間だったらたいていそれくらいの気持というのはどうしても働くのがふつうです。

そしてそれが、日常生活のことにとどまらないで、もっと大きな世界の中でも働いて、人間に対する不信感となってあらわれてくる。政治も信用しなければ社会も信用しない——全く信用しないというのではなくても半分くらいは信用しない、ということがたしかにある。それで、おれは他人の中でひとりぼっちだとか、社会の中で疎外されているとかという感じが一般的な風潮となってしまって、同人雑誌とか投稿小説の多くは、そういった孤独感をそのままテーマに選ぶことになるのだと思います。

しかし、いつまでもこういう形をとっているということは、私は良いことだとは少しも思っていません。もし人間が信頼できるものならば信頼したいと思います。そして、信頼したいと思うからこそ私は小説を書いているし、これからも書くつもりなのです。

どうしたら人間が信頼できるか、ということを、私は今まで、ネガ的な否定的な形でしか書きませんでしたけれども、そうではなくて、それを積極的な形で書きたいと思いました。そして今度やっと書くことができました（編集部注。新潮社発行『沈黙』。なお、これと姉妹篇をなす戯曲「黄金の国」が劇化され、劇団「雲」によって五月十三日から公演されます)。

その小説の内容にはここでは触れませんけれども、私がその小説でたどりついた解答の種になったのは、一冊の本であります。それは、フランクルという人が書いた「夜と霧」という本です。

「夜と霧」というのはどんな本かと言いますと、ナチスがポーランド人やユダヤ人をガスで虐殺したというアウシュヴィッツの収容所のことを書いたものです。著者のフランクルというのは神経科の医者なのですが、ポーランド人の血をうけていたために囚人としてその収容所に入れられ、そこでの生活を、ひそかにかくした紙きれにつぶさに記録したのです。

ポーランド人やユダヤ人を乗せた汽車がアウシュヴィッツにとまると、ナチスの親衛隊が立っていて、汽車から降ろされた疲れ果てた人びとを、お前は左、お前は右というように二列に並ばせる、というところから話が始まる。そうして、右に並ばされた人はそのまま小屋へ連れてゆかれて作業をさせられる。左に並ばされた人は、おもに、老人と女子供と、あまり丈夫でない男なのですが、その人たちは、非常にいたわりの言葉を与えられて、大へん疲れただろうから風呂に入ってくれ、と言って石鹸を与えられて或る小屋の中へ入れられる。入れられると同時にガスが噴き出してきて全部殺されてしまうのです。ここで殺された人が、実に百万人といわれている恐るべき虐殺事件であります。

　作業に回された人たちは、何をさせられるかというと、その死体をくだいて埋めるという作業をさせられるのです。彼らは、そういう場所で、いつ殺されるかわからない状態にあるわけです。たとえば、ほんのちょっと疲れた顔をしているとすぐガス室へやられるので、「道に落ちていたガラスの破片で私はひげを剃った」とフランクルは書いています。ひげが伸びたりしているとすぐ、お前は疲れているようだからあっちへ行け、と言われれば、もうガス室へ入れられるので、疲れてないという顔を見せるために、いつでもひげを剃っていなければならない。そういう神経がすり切れてしまうような、悲惨な、生きている地獄の生活の中で、人間というものが信用に価するかどうか、もし信用できるような人間がいたとすれば、われわれはまだ、人間を信用できるということが言えるのだと思いながら、私はその本を読んでゆきました。

　これは小説でもフィクションでもルポでもなくて、一人の医者の観察記録ですから、粉飾とか誇張とかは全然入っていないのですが、その中で何か所か、ごく簡単に書かれていることがある。それはどんなことかと言いますと、たとえば、発疹チフスがはやったことがある。発病した者はそのまま部屋に寝かされ、まだ元気な者は、朝、一個のパンとスープを与えられて強制労働の作業に出なくてはならない。ところが、その与えられたパンを、同じ部屋の病人の枕元に置いてやって、そうして作業に赴く者が、ごくわずかであったが存在した、ということが、たった三行ぐらいで何気なく書いてあったのです。

　これは大へんなことです。大へんなことだというのは、もし自分が食べなければ、フラフラになってしまって、働けなければガス室へ送られてしまうわけです。パンを与えるということは、自分の命を失う可能性のある善行為でありまして、かりにもし、私がその立場にあったら、私は恐らく、いや絶対に、病人にパンをやらないでしょう。それどころか、恐らく他人のを失敬して食ったかもしれません。盗まないにしても決して与えはしなかったでしょう。そして命ながらえて帰ってきて皆さんにその話をしても、決して皆さんはそのことをとがめはしないでしょう。

　にもかかわらず、そのときごく少数ではあったけれども、病人のために自分のパンを置いて行った人があったということは、これは実に大へんなことであります。そこでフランクルが言っているのは、「ここで私がわかったのは、どういう極限状態におかれても、人間というものには自由があるということである」と書いています。つまり、パンを与えようが自分が食べようが、どっちの行為だってそのときできたわけです。パンを食べても誰からもとがめられることではないのに、しかもなおパンを置くという自由がそこに存在したということ、これはやはり人間の自由が、どんな極限状態になってもあるということの証拠で、この自由がある以上、人間というものは信頼することができるのだと思った、ということが書いてあるのであります。

私はさきほど、政治の不信、社会の不信ということを言いました。それを人間の不信につなげて考える傾向について述べました。しかし、私が痛感するのは、おおむねの進歩的文化人というのは、すべてのことを政治や社会のせいにして——もちろん政治の欠陥、社会の欠陥というものはたしかにあるのだけれども——自分の弱さを政治や社会の欠陥とすりかえる部分というものがたしかにあると思うのです。こういうことになったのは政治が悪いからだ、社会が悪いからだ、とすべてのことをすりかえると、そのときわれわれは、自分の自由というもの、人間の自由、精神の自由というものを失っているのではないかと思うのです。

アウシュヴィッツの収容所の中では、政治の貧困とか社会の貧困とかいうこと以上にすりかえられる条件——つまり、ああいう状態だったからやむをえなかったのだという理由が、外部条件としてあったのにもかかわらず、なお且つ病人のためにパンを置いてやったということは、やはり人間を人間たらしめる象徴的な話だと思うのです。私は、この本を読んで自分の精神の独立ということを考えずにはおれませんでした。そこのところを種にして、発展させて、人間をどのようにして再発見したらいいのかということを私は今度の小説に書いたわけであります。

約束について

三浦が四時五分までに話す約束でしたが、約束を守らなかったために、私は十五分とちょっとしかしゃべる時間がありませんで、ほんとうはとってもすばらしい話をするつもりだったのが、その約束が果せないで、皆さんにほんとうに申しわけない。みんな三浦が悪いのです（笑）。

いま三浦が――三浦さんがここで小説とは何かということを、いろいろ例をあげて、むずかしいことをいっていましたが、平たくいえば、こういうところで皆さんにお話して、人生がわかっとる、あるいは社会について非常に悟りを開くことのできるような、りっぱな話をする人、これを大説家といいまして、こういうところへ来ましても、私のようにおどおどして、くだらん話をする人間を小説家というわけです（笑）。

時間がありませんから、きょう話したかったことではなく、別のことを十五分しゃべらしてもらいます。

皆さん、この講演がすんだら、二階に下りて、まずぼくの本を買いなさい（笑）。そして、もしお金が余っている人がいたら、遠藤にだまされたと思って、フランクルの「夜と霧」という本をお買いになることをおすすめします。ただし、だまされたと思って買ってください。読んだあとで、なんだ、遠藤のやつ、あんなことといって、全然おれは感銘を受けなかったと思われると、ぼくもいやだから。感銘を受けるほうはぼくの本で感銘を受けてもらいたい（笑）。

私はたいへんグータラな男ですから、志しが非常に低くなる、と同時に、しばしば友人、他人について信用できなくなる気持ちになるときがあります。

これは皆さんも同じだろうと思います。こういう世の中ですし、また時代というものの関係があって、人間というものをだんだん信頼できなくなってくる気持ちに襲われるときがよくあると思う。

特に、こういうふうに三浦が時間を守らなかった日なんてのは、私はよくそういう気持ちになりますが、そういうとき私は、書だなから、フランクルの「夜と霧」という本を出して読むことにしている。

これは小説でも何でもありません。フランクルというお医者さんが、第二次世界大戦のときに、ユダヤ人と一緒につかまって、皆さんもお聞きになったでしょうが、アウシュヴィッツの収容所に入れられて、そこで何年かを送った。そのときの自分の経験、生活を、収容所にあって、紙と紙とを張り合せながら、こまかい字で書いて、これを後になって出版したものです。ですから、本をお開きになると、中に凄惨で目を背けるような写真も入っております。もっと時間があれば、詳しくその話をするつもりでしたけれども、まずは二つのことについて……。

一つは、このフランクルというお医者さんが、こういうものを書けばやがて出版されるとかいうような状態でないところで、紙と紙とを張り合せて、自分は精神科の神経医の学者として、極限状態に追い詰められた人間の精神がどうなっていくかということを記録にとどめた。それがやがて出版されるかどうかわからないにもかかわらず、自分があすは死ぬかもしれないという日にも、それを書き続けた。その人間的な意志、それに深い感動をおぼえるわけです。

アウシュヴィッツのその話を読みますと、ほんとうに辛かったろうと思います。ちょっとでも疲れていますと、直ちにガス室に送られる。

皆さんご存じでしょう。女、子供、老人のように働けぬ者は風呂に入れるといって、ガス室に入れて、たちまちガスが充満して死んでいく。アウシュヴィッツだけでも百万、百五十万という人間がガス室で死んで、あと死体の処理で非常に悩んだくらいです。

ですから、道にガラスのかけらが落ちていると、それを拾ってひげをたえずそる。少しでもひげをそっておくと、幾分元気な顔に見えて、ガス室に送られないですむからというのです。

毎日毎日、朝からはげしい強制労働をさせられて、たべものというと、こんなコッペパンとスープ、そういう生活の中で、あしたの希望もなく、またいつ自分が殺されるかわからないような生活の中での話です。ですからわれわれがいかに、いま東京なら東京の中で苦しい思いをしているのだとか、自分は孤独だとか、いろいろいいましても、彼らのそのときの孤独に比べれば、われわれの孤独は何でもない。われわれの悲惨さも、彼らのそのときの悲惨さに比べると、ものの数ではないと思います。

そういうとき人間がどういうふうになるかというと、自分が一日でも生きたいという一心で、他人を押しのけても生きるような人もたくさんいた。中には、自分が助かるために密告をしたり、スパイをしたりするのがたくさんいた。

この本を読んでいるうちに、ほんの四、五行ですが、こういう話がある。その収容所で発疹チフスが起って、病人が出た。病人になると、非常に悪くなると、すぐ殺されてしまう。人体実験をされる。

ぼくは十年前くらいに留学していたときに、人体実験された女の人に病院で会ったことがあります。チフス菌とか、ばい菌を入れられて、やせ細って――これは戦争が終って何年かたっての話ですよ――あっちのサナトリウムや、こっちの病院に行ってもどうしても治らないので、この病院に来ているのだという話をしていました。

　いずれにしろ、発疹チフスがはやって、病人が出た。そのとき、まだ病気にかかってない人間たちの、ごく少数ではあるけれども、自分がきょうもらった一個のパンを、シャベルなんかを持って収容所のバラックから出ていくときに、寝ている人のまくらもとに置いていく人があったということを、フランクルは書いているわけです。

　私はそれを読むたびに、私たち小説を書いている者、あるいは皆さんのように小説をお読みになる者は、そしてまた、いまのような時代に生きている者は、他人をそうすなおに信用できない。どんなにその人がいいことをやってくれても、心のどっかのすみで、おれによく思われたいためにやっているのじゃないだろうかとか、どんなにいいことをしても、こいつは自己満足のためにこういうことをやっているのではないだろうかとか、あるいは虚栄心のためにやっているのじゃないかという疑惑を持ちますね。全面的に他人を信用できないというような状況の中で、毎日生きているわけです。

　そういうときに、フランクルのこの本を開いて、その三行を読みますと、人間というものは信頼すまいというふうな気持ちになる自分がいけないのだという、私のような人間でもそう思わざるを得ないわけです。

なぜかといいますと、それは当然そうでしょう。私がかりにアウシュヴィッツの収容所にいた。そして発疹チフスが起った。そのとき私は発疹チフスにかからなかったけれども、毎日もらう一個のパンをたべなかったら、きょう私は強制労働をやって、夕方になって疲れ果てて収容所に帰ってきて、病気がうつったら、こんどは自分が死んでいかなくちゃならない。だから、病人がかわいそうだと思っても、パンをやるという気持ちにならないかもしれない。

やる気持ちにならなかった、と、ぼくがもしアウシュヴィッツへ行って、帰ってから皆さんに話をしたとしても、皆さんは、当然だよ、といってくれるでしょう。そりゃそうだよ、自分のパンをそのときたべなかったら、君は死んじゃうんだもの……。

ひょっとして、ですよ。これは非常に可能性があるのですが、ひょっとすると、ぼくならば、その病人のパンを出がけに入れてしまうかもしれない（笑）。ぼくは帰って、君たちが友だちだったら、大きい声でいえんのだけれども、かくかくしかじかで、パンをポケットに入れて外に出ていった、という。すると君たちは、それはわかるなあ（笑）、悪いかもしれんけど、しかしやむを得んじゃないか、そりゃ……といって、ほとんど許してくれるでしょうね。

にもかかわらず、そのときごく少数であったが、自分のパンを病人のまくらもとに置いていった人間というものは、ぼくが、そいつが自己満足でやったとか、自分の虚栄心でやったとか、あるいはその病人によく思われようと思ってやったとか、どう考えようとしても、そういう極限状態ならば、エゴイズムとかそういうものだけでは割り切れないXというものがそこにありますね。これは皆さんも認めざるを得ないだろうと思うのです。

しかもそれらの人々が、たとえばナポレオン時代に生れたとか、聖徳太子のときに生れたとかいうのじゃなく、われわれと同じ時代に、同じように、あるいは、ひょっとするといまよりはもっとひどかった時代に、ついこないだ生きていて、その人たちがもし助かって帰ってきたならば、現在も生きているであろう同世代の人間であるということは、われわれにとって、人間をまだ信頼するに足るものだという希望を与えてくれますね。

ですから私は、フランクルの本をもう十年くらい自分の手の届く場所に置いて、志し低くなると——もともと志しは低いのですから、落ちようがないのだけど、さらにそれより落ちようとすると、それを開けて見る。

あと五分しか時間がない。本当に三浦というのは約束を守らんので困る（笑）。ほんとうをいうと、それをまくらにして「約束について」という話を始めるはずだったんだけど、それができなくなってしまった。もっとうまくしゃべれる話を結論から先にいってしまうわけですが、ぼくはこう思うのです。

ぼくが約束をするということは、A君と十一時に来るという待ち合せの約束をする、A嬢と十一時に待ち合せの約束をすると、十一時にそこに来るというのを、ふつう約束といいますね。あるいは、この仕事はあしたまでに片づけましょう、と雑誌社の人に約束をする。そういう約束をかつて守ったことがない男が、いまここでしゃべっているわけです(笑)。

しかし、約束というものはそういうものだけじゃない、人生に対する約束というものがあるような気がするのです。

これはどういうことかというと、生れるということは抽象的なことでも何でもない。私が生れようと思って生れたのじゃなくて、親が勝手にナントカナントカなって生れてきたのだ。私はオーストラリアに生れたかった、あるいはアフリカのコンゴに生れたかったにもかかわらず、日本に生れている。あるいは私は遠藤といううちに生れたが、ほんとうをいうと、もっといい名前のうちに生れたかった。徳大寺とか……(笑)。だけど、そういううちに生れないで、遠藤といううちに生れてしまった。まことに残念である。

しかしこの人生に生れてきたということは、たとえば日本人であるとか、みんなが田中さんであるとか、私が遠藤であるとかいって、ケース・バイ・ケース、それぞれの負い目というか、いやなことというものを背負っているわけでしょう。

どうせ人生というのはいやなことだろうと思います。この中には若い人がたくさんいるけれども、やがて人生いやになってくるからさ。いまだっていやでしょうけれども、さらにいやになってくる。

人生というのは、ちょうど結婚した相手の女とよく似ている。きれいだと思って結婚してみたら、たちまちぶくぶく太ったりする。……失礼しました。あと三分しかないのです。早くやめますから、怒らないでください。

ですが、生れた、そして生きていく以上、人生に対して約束したんだと思うのです。どういう約束をしたかというと、人生を捨てるなという約束をした。

どんなに人生がみにくくて、いやらしくて、ぶよぶよしていて、太って、大飯食らいであったとしても捨てるなという……。たとえば、あなたたちがやがて結婚すると約束して、その女と結婚した。やせた女だと思って結婚してみたら、たちまち飯を十パイ食って、太っても、約束した以上は捨てるべきじゃないでしょう。男なら約束した以上、絶対離婚しないほうがいい。

人生は同じことだと思うのです。絶対捨てるなということですね。

時間がもう一分しかありませんから、一つだけ話します。

君たちよりもう少し若かったとき、ぼくは大学でフランス語を初めてやった。そのとき先生がフローベルのコントというのを教えてくれた。

ある聖人が寒い日に道を歩いてきたら、乞食ががたがた震えていた。聖人は憐れんで、自分の切れた衣服を彼に与えてやった。ところが、寒い、もっとくれ、という。こんどはステテコやなんかも与えてやった。それでも、寒い、からだを抱き締めてくれ、という。聖人はそのらい病人のからだを抱いてやった。そうすると、まだ寒いからもっと抱いてくれ、という。もっと抱いてやると、もっともっと抱き締めて、からだであっためてくれ、というので、もっともっともっと抱き締めたら、そのらい病人のからだから光りが放たれましたとさという、三枚か四枚のコントをフランス語の時間にやったわけです。

ぼくはそれを読み終ったとき、バカバカしい話だ、なんだ、日本の光明皇后も同じことをやってらあ、そう思った。若かったからね。それから、いまみたいに、だんだんいろんなことがわかってくるような年になったわけだ。あんまりわかってないけど……。そして、ふとその話を思い出すことがあるのです。酒場で飲んでいたり、満員電車に乗っていたりするときに……。

ああ、あの話、おれ読み違えていた。あのらい病人は人生ということだった。人生が、寒いからもっと抱き締めろという話だ。あれをらい病と考えたからいけなかった。人生と考えれば、この話はわかったのだ、と、いまになってやっと思うわけです。わかりますか。

それじゃ、どうも……。（拍手）

解説——小説の種『夜と霧』

今井真理

遠藤周作が常にそばに置いた本にヴィクトール・フランクルの『夜と霧』がある。『夜と霧』については既に多くのところで論じられているので詳細は省くが、この作品にはナチスが戦時下、ユダヤ人やポーランド人をアウシュヴィッツ収容所で虐待し、虐殺したことなどが書かれている。

一九四〇年以降、ナチスは、かつてポーランド軍の基地であったオシフィエンチム市を含む一帯に捕虜収容所を設立した。なぜなら、その場所は交通の便がよく、捕虜の輸送に適していたからである。「アウシュヴィッツ収容所」と呼ばれたこの収容所の初代所長には、ドイツの将校・親衛隊のルドルフ・ヘスが就任した。そこで行われた大量虐殺については述べるまでもない。ユダヤ人を筆頭にポーランド、チェコ、ユーゴスラビア、オーストリアなど多くの人々が連日収監され、病人、老人、女、子供たちなど力のない者たちは「選別」され、直《ただ》ちにガス室に送られた。

著者であるフランクルはウィーンに生まれた。精神科の医師であったが、ナチスドイツのオーストリア併合に伴い強制収容所に収監された。彼はひそかに隠していた紙に収容所の一部始終を書き留めた。勿論、発表できる保証はなく、彼が自分の意志で書き留めたものである。

なぜ、その一冊を遠藤周作は持ち続けたのか。

遠藤周作にとってアウシュヴィッツが大きな存在となったのは、留学時代のことである。リヨンの街を歩けば、「この地下室でゲシュタポが拷問を行った」と記された古い建物の壁があり、彼は何度もそこで立ちどまっている。一九五五年に発表された「白い人」には拷問された者が、翌日には拷問する者となる、つまり誰しもが手を染める悪の世界が描かれている。それは、人間の心の奥底、意識下にある悪の問題でもあった。佐藤泰正との対談がおこなわれた『人生の同伴者』では、佐藤が遠藤文学のひとつの基点として、「アウシュヴィッツ以後」という観点から「悪」の問題についての重要性を語っている。遠藤周作はその後、『女の一生』『死海のほとり』などの作品でもアウシュヴィッツの問題を取り上げている。

そして、今回収録された「孤独と信頼――文学雑感」には、『夜と霧』をとおして遠藤文学、特に『沈黙』への新たなヒントが明かされている。遠藤周作の代表作が『沈黙』であることは周知の事実である。『沈黙』には「神の不在」を問う姿や、棄教した神父を主役に据え、遠藤にとっての信仰、文学、そして何より「愛」の本質が描かれている。しかし、もう一点、ここには「人間への信頼」が問われている、と作家は説く。

「もし人間が信頼できるものならば信頼したいと思います。そして、信頼したいと思うからこそ私は小説を書いているし、これからも書くつもりなのです。／どうしたら人間が信頼できるか、ということを、私は今まで、ネガ的な否定的な形でしか書きませんでしたけれども、そうではなくて、それを積極的な形で書きたいと思いました。そして今度やっと書くことができました（編集部注。新潮社発行『沈黙』）。（略）私がその小説でたどりついた解答の種になったのは、一冊の本であります。それは、フランクルという人が書いた「夜と霧」という本です」

（引用内「編集部注」は原文のまま）

『夜と霧』のなかで問われた「人間への信頼」についてというテーマは、『沈黙』においても重要であり、それはまた、人間をどのように再発見できるかが問われた作品でもあった。

　遠藤周作がアウシュヴィッツ収容所を訪ねたのは一九七六年、『沈黙』がポーランドのピエトゥシャック賞を受賞し、その授賞式にワルシャワに向かった時のことであった。その際、アウシュヴィッツ収容所を訪れた彼が見たものは、やせ細った囚人たちの写真、囚人たちの髪で編んだ織物、うず高く積まれた眼鏡の山などであった。その収容所の実態を見た遠藤は、神がいるならなぜこんな悲惨なことが起きるのか、果たして人間は信じられるのかを問い続けた。その様子は「アウシュヴィッツ収容所を見て」など多くのエッセイや作品のなかで語られている。遠藤周作はアウシュヴィッツを訪れた夕方、本屋に行き、仏訳の『夜と霧』を購入した。この悲惨な地でフランクルが冷静に記録したその気力を自分も味わいたかった、やりきれない心を何とか鎮めたかったからというが、果たしてそれだけだったのだろうか。なぜ、作家の傍らにはいつもこの本があったのだろうか。

『夜と霧』には収容所の日々が丹念に綴られていた。たとえば発疹チフスがはやった時のこと。少しでも体調が悪いことがナチスにわかれば即、ガス室行きとなる。そんな彼らのたった一つの悦びは一日一回の小さなパンの配給だった。その一つのパンがどれほど貴重なものであったかはたやすく想像ができる。彼らはそのパンをどう食べるのか常に議論していたという。もらったらすぐ食べるのか、小さくちぎって何度も「かすかななぐさめ」を味わうのか。フランクルはその一日たった一つの食糧であるパンを、再び回復する望みのない病人に譲った者がいたことなどを記録している。しかし、そこには又、次のような記述もあった。昼間はユダヤ人の母子をガス室に送り、脱走した者を、見せしめのため収容所にあるポールに吊るした将校が、家に帰ると子供たちの頭をなで、膝にのせ、クラシックの音楽を楽しんだという。

遠藤周作は悪の世界を見続けた作家でもあった。それは人間の意識下の悪であり、許しを請う罪の問題ではなかった。しかし、その意識下に潜む悪に対抗するものを誰よりも求めていたのは作家自身であった。人間を虐殺し、多くの命を奪った者もまた同じ人間であった。作家はその黒い一点を見て見ぬふりはできない。人間を見つめるならば、むしろ、誰もが持つ悪の心に向き合わねばならない。フランクルは言う。

「わたしたちは、おそらくこれまでどの時代の人間も知らなかった「人間」を知った。では、この人間とはなにものか。人間とは、人間とはなにかをつねに決定する存在だ。人間とは、ガス室を発明した存在だ。しかし同時に、ガス室に入っても毅然《きぜん》として祈りのことばを口にする存在でもあるのだ」

遠藤周作は『夜と霧』に描かれた世界を読み、現実とは思えない悲惨な収容所を見て、神はいるのか、もし本当に存在するならなぜこのようなことが起こるのかと問い続けた。そして、果たして人間は信じられるのか、信じるに値するのかという切実な叫びもまた聞こえてくる。しかし、その悲惨な現実のなかでも、『夜と霧』に示された、人間を信じることと、人間の自由についての記述は遠藤周作にとって生涯消えることのないテーマとして存在する。そこには人間の悪に眼を背けず、信じることの意味を問い続ける作家の姿がある。

また、本書には遠藤周作のもう一面、あたたかなユーモアが語られる数篇が収録されている。実は先に取り上げた『夜と霧』のなかにも次のような一説がある。悲惨な出来事が続く収容所のなかでフランクルは次のように綴った。「ユーモアも自分を見失わないための魂の武器だ」と。世界で一番辛く、切ないユーモアだったとしても、人間に必要なものはユーモアだと言い、こう続けた。「ユーモアとは、知られているように、ほんの数秒間でも、周囲から距離をとり、状況に打ちひしがれないために、人間という存在にそなわっているなにかなのだ」

すでに刊行されたエッセイ集などには多くの作家仲間から「ウソつきエンドー」「電話魔エ

ンドー」などいたずら好きのエピソードが語られているが、本書にも「狐狸庵先生・遠藤周作」を表わすエッセイがいくつか掲載されている。「狐狸庵」とは「こりゃアカンワ」という言葉からの発想といわれているが、一九六二年に病後の静養もかねて町田市玉川学園に転居し、その家の離れを「狐狸庵」とした。作家自身この名前を気に入り「便利な名の上にユーモアがある」と語っている。また、「違いがわかる男」というコーヒーのコマーシャルに出演し、マスコミなどにも取り上げられる機会も増えた。コマーシャルだけではない、腰を曲げ、髭をつけ、杖を突き、老人の格好でレコードのジャケットも飾った。そこには笑いとほんの少しの「哀しみ」があった。

かつて加藤宗哉は、狐狸庵先生が真面目であることによって周囲の人に生じる困惑を避ける方法は「滑稽をよそおうことだった」（『おどけと哀しみ』）と述べ、遠藤周作の素人劇団「樹座」の座付き作者・山崎陽子（童話作家）はこんなエピソードを披露した。「機械音痴」と呼ばれた遠藤周作が初めてファックスを使用し、山崎陽子宅に近い出版社に原稿を送った直後、狐狸庵先生から電話があったという。「急いで窓開けて、空を見て」と言われて理由を尋ねるとこんな答えが返ってきた。「今頃そのへん飛んでる筈なんだがなぁ」（「ファクシミリ異聞」）。しかし、その機械音痴の作家は彼女が病気の際は、数分ごとに心配の電話をかけてきた。おそらく度重なる遠藤自身の病気の経験からの思いやりではないかと山崎陽子は思いを明かした。

遠藤周作の年譜を追うと何より目につくのは「病」との闘いである。留学をあきらめて帰国する時の日記には「血痰」が続く毎日が綴られていた。つまり、夢に見た留学をあきらめた時も病が彼を襲った。また「白い人」で芥川賞を受賞し、ようやく作家として日の目を見、その後発表された『海と毒薬』は毎日出版文化賞をはじめ各賞を受賞した、まさにその時も、大病に倒れ、その後、長期の入院を余儀なくされた。遠藤周作の小説やエッセイの多くに病のことが触れられていることは必然と言える。命を削りながら書いた作品のなかで、常に信じることの意味を問いつつ、そこには苦痛に歪む作家の顔と共にクスッと笑う遠藤周作の顔がある。

そんなことを考えていた夕暮れ、私事で恐縮だが、還暦を迎えた友人から、彼女の母の訃報を知らせる、一通の手紙が届いた。そこには、余命二か月と告げられた母を自宅に引き取り、看取ったことが書かれていた。苦痛のある身内の看病がどれほど辛いことかは想像に難くない。母を見送り、葬儀を終えたが、心身の疲れから外出もままならない日が続いた様子も綴られていた。

数か月後、ようやく遺品の整理をするために母の家に行った時、本棚に目が留まった。料理好きの母は多くのレシピ本や料理を特集した雑誌を几帳面に並べていた。そこに一冊の文庫本が挟まっていた。うす汚れた本の表紙には「狐狸庵閑話　遠藤周作」と書かれていた。何気なく手に取ったその本を読むと、そこにある狐狸庵先生の逸話に思わず声をあげて笑ったという。こんな時に不謹慎、と自らを責めたが、手放せずあっという間に読み切った。彼女の手紙の最後にはこう書かれていた。「いつ以来だろう、声をあげて笑ったのは」。

私たちはいつの時代も日々のことに追われている。ニュースを見ると遠い国とはいえ戦禍で多くの母子が泣いている映像が毎日のように目に飛び込んでくる。今日は昨日の続きではなく、明日も、どんな日が待っているかわからない。すれ違う人たちの心にどんな辛さや悲しみが溢れているのかも想像できない。確かに一冊の本は、空腹の足しにすらならない。しかし、一冊の本、ひとつのエッセイが読者に忘れていた「笑い」をもたらすことがある。もう一度人を信じてみようと思う切掛けになることがある。

本書には「エイプリル・フール」という印象深い一篇がある。ウソもホラも遠藤周作にとって欠かせない「笑い」の要素だと言われている。しかしこのエッセイで遠藤は「エイプリル・フール」の楽しみの理由の一つに「戦争中の思い出」があると記した。なぜなら息が詰まるような毎日、戦時下の恐怖に晒された日々のなかでわずかな時間にウソの世界を築いたからだという。

「ウソの世界、架空の世界の中では、すべての人々は善良でお人好しで、お互いに傷つけあうこともなく、そして空は碧く、花々が咲き乱れ食物も豊かにあることになっていたのだ。（略）そうした経験を経た我々はウソが決して苦しい世の中を生きるためには無駄ではなく、時には一つの祈りにも似た価値をもっているとさえ思っているわけである」

多くの著作のなかで、遠藤文学のどこに私たちは魅かれるのだろうか。そこには現代文学が見失った「祈り」があるからかもしれない。人間は苦しい時、思わず手を合わせる。祈る神は仏教でもキリスト教でもかまわない。それは人間が誰でもできる唯一の行為かもしれない。遠藤文学には「悲しみへの共感」があるといわれる。そこにあるものは、まさしく苦しみを抱えた無名の人たちと共に手を合わせる作家の姿ではないだろうか。

　その他、本書には、毎年夏を過ごした軽井沢について書かれた「散策」「軽井沢」、『沈黙』のヒントがうかがえる「井上筑後守と殉教者」「島原へ」なども収録された。そして最後に本書のタイトル『人生を抱きしめる』について触れておきたい。このフレーズは最終章の講演録「約束について」のなかに登場する一節である。講演は一九七〇年、「風景」九月号に掲載された。遠藤周作はここでも『夜と霧』についてふれた後、最後に一つのエピソードを紹介する。大学時代にフランス語の授業で教師がフローベルのコントを紹介した。聖人が、らい病の男を抱きしめたらその病人の体が光を放ったという話である。当時は「バカバカしい」と片付けていたこの話。齢を重ねた今、作家は解釈の間違いに気づいたという。つまり、あのらい病人は「人生」そのものだった、そして「人生が、寒いからもっと抱き締めろという話」であったと。一人の人間として生きていく以上、人生を捨てず、抱きしめて生きていく意味を説いたこの「約束について」など、本書ならではの名篇が収録されている。

二〇二三年春には遠藤周作は生誕百年を迎えた。長崎市遠藤周作文学館をはじめ、夏には、長野県の軽井沢高原文庫で「生誕100年記念　遠藤周作展」と銘打ち、展示会が開催され、秋には東京の町田市の町田市民文学館ことばらんどで遠藤周作展が開催される。『沈黙』をはじめ『狐狸庵閑話』など、多くのジャンルから遠藤周作を今一度見直し、その魅力を伝えることには意味があると考えている。

なお、本書の刊行には多くの方々のご協力があった。作品の掲載に賛同いただいた遠藤家に感謝申し上げます。多彩なジャンルの作品に対しご教示いただいた元「三田文學」編集長・加藤宗哉氏に御礼申し上げます。また、作品の調査、収集に関して多大なご協力をいただいた、杉本佳奈学芸員に深謝いたします。長崎市遠藤周作文学館、町田市民文学館ことばらんどなど、資料をご提供いただいた各文学館に感謝いたします。最後に、本書を企画、刊行いただいた河出書房新社編集部・太田美穂氏に御礼申し上げます。

初出一覧

散策――――「週刊新潮」一九六六年九月三日号　新潮社
軽井沢――――「新潮」一九六六年十月号　新潮社
原型――――「群像」一九五七年二月号　講談社
小説のできるまで――――「郵政」一九五八年十月　秋季特大号　郵政弘済会
井上筑後守と殉教者――――「特集人物往来」一九五八年一月号　人物往来社
島原へ――――「旅」一九八七年八月号　日本交通公社
私の読後感――――「高校時代」一九五七年四月号　旺文社
私の愛誦詩「白壁」――――「婦人生活」一九五八年七月号　同志社
（掲載時「私の愛誦詩十二選「白壁」」）
私の愛誦詩「故園の菜」――――「婦人生活」一九五八年十月号　同志社
（掲載時「私の愛誦詩十二選「故園の菜」」）
伝統と信仰に生きる――――「高校時代」一九五六年十月号　旺文社
四月一日が待ち遠しい――――「装苑」一九六三年四月号　文化服装学院出版局
利己主義は結局ソンをする――――「高校時代」一九六三年二月号　旺文社
碧い地中海――――「婦人生活」一九六一年八月号　同志社
「エスプリ」――――「文藝」一九六三年九月号　河出書房新社
万博の基督教館――――「海」一九七〇年一月号　中央公論社
虚栄スト――――「漫画　見る時局雑誌」一九六八年九月号　漫画社
うすら笑いをやめよ――――「朝日ジャーナル」一九六七年三月二十六日号　朝日新聞社
現代の関所――――「群像」一九五九年五月号　講談社

三田文学編集長として――「早稲田文学」一九六九年二月号　早稲田文学会
「新潮」への希望――「新潮」一九六三年八月号　新潮社
狐狸庵自動車コリゴリの記――「週刊読売」一九六八年十一月一日号　読売新聞社
同乗者をつのる――「週刊現代」一九六八年二月十五日号　講談社
自動車教習員よ、横暴になれ――「諸君」一九六九年九月号　文藝春秋
ぼくこそ紳士である――「文藝朝日」一九六三年十月号　朝日新聞社
ウマイぞッ――「週刊文春」一九六七年一月二日号　文藝春秋
エイプリル・フール――「郵政」一九五九年四月号　郵政弘済会
（掲載時「エプリル・フール」）
ズボンの膝――「週刊明星」一九五九年二月一日号　集英社
テレビ第一号――「別冊　文藝春秋」一九五七年十二月　第六十一号
文藝春秋新社
恐怖の一夜――「別冊　週刊サンケイ」一九六〇年七月号　産経新聞社
快男子コンケイ――「文藝春秋」一九六七年十一月号　文藝春秋
追悼――「新劇」一九八二年一月号　白水社
先生にはじめてお会いした頃――「藝文研究」一九八二年十二月　第四十四号
慶應義塾大学藝文学会
「黄金の夜明ける」――「芸術新潮」一九五九年四月号　新潮社
イエス像には、人間が自らを投影できる何かがある――「ジーザス・クライスト＝スーパースター」プログラム
一九八四年五月　劇団四季
椎名麟三――「文章倶楽部」一九五四年六月号　牧野書店
岸田今日子――「芸術新潮」一九六〇年四月号　新潮社

「深い河」映像の説得力――「THIS IS 読売」一九九五年五月号　読売新聞社

病院生活――「群像」一九六一年六月号　講談社

人間のみかた――「潮」一九六四年八月号　潮出版社

人間のための二つの真理――「新女苑」一九五六年一月号　実業之日本社

人間観察について――「自警」一九六七年四月号　自警会

孤独と信頼――「郵政」一九六六年五月号　郵政弘済会

約束について――「風景」一九七〇年九月号　悠々会

◎表記について

一．旧字で書かれたものは新字に、歴史的仮名遣いで書かれたものは現代仮名遣いに改めました。

一．誤字・脱字と認められるものは正しましたが、いちがいに誤用と認められない場合はそのままとしました。

一．読みやすさを優先し、読みにくい漢字に適宜振り仮名をつけました。

一．作品中、今日の人権意識に照らして不適切と思われる語句や表現がありますが、作品執筆時の時代背景や作品の文学性、また著者が故人であることを考慮し、原文のままとしました。

遠藤周作（えんどう　しゅうさく）
一九二三年、東京生まれ。幼年期を旧満州大連で過ごす。神戸に帰国後、十二歳でカトリックの洗礼を受ける。慶應義塾大学仏文科卒業。五〇年から五三年までフランスに留学。一貫して日本の精神風土とキリスト教の問題を追究する一方、ユーモア小説や歴史小説、戯曲、「狐狸庵もの」と称される軽妙洒脱なエッセイなど、多岐にわたる旺盛な執筆活動を続けた。五五年「白い人」で芥川賞、五八年『海と毒薬』で新潮社文学賞、毎日出版文化賞、六六年『沈黙』で谷崎潤一郎賞、七九年『キリストの誕生』で読売文学賞、八〇年『侍』で野間文芸賞、九四年『深い河』で毎日芸術賞、九五年文化勲章受章。九六年、逝去。

人生を抱きしめる　遠藤周作初期エッセイ

二〇二三年一〇月二〇日　初版印刷
二〇二三年一〇月三〇日　初版発行

著　者　遠藤周作
装　幀　鈴木成一デザイン室
発行者　小野寺優
発行所　株式会社河出書房新社
〒一五一-〇〇五一
東京都渋谷区千駄ヶ谷二-三二-二
電話　〇三-三四〇四-一二〇一（営業）
　　　〇三-三四〇四-八六一一（編集）
https://www.kawade.co.jp/

印　刷　株式会社亨有堂印刷所
製　本　小泉製本株式会社

Printed in Japan　ISBN978-4-309-03144-6